文苑拾遺錄

陳無言

書話集

陳無言　著

陳可鵬　黎漢傑　黃晚鳳　編

目錄

我所知道的陳無言先生

陳子善

在我記憶中，最早知道陳無言先生的大名是在一九七〇年代末，其時中國內地剛剛改革開放。一九七八年，香港昭明出版社推出司馬長風先生的《中國新文學史》（三卷本，之後台灣傳記文學出版社重印），翌年，香港友聯出版社推出劉紹銘先生主持翻譯夏志清先生的《中國現代小說史》。這兩部文學史著作先後進入內地，給中國現代文學研究界帶來不小的震動，至少我個人讀過之後產生了重新審視已有的內地現代文學史著作的想法。如果我沒有記錯，我是先讀到《中國新文學史》，再讀到《中國現代小說史》的。司馬長風在《中國新文學史》的〈跋〉中感謝了無言先生：

> 在本書撰寫中，陳無言先生不惜時間、金錢，蒐羅賜贈資料……均在此永志不忘。[1]

雖然只有短短二十餘字，但無言先生在司馬長風一長串感謝名單中榮列首位，可見他對司馬撰寫《中國新文學史》的幫助很大。這是我首次知道無言先生的大名，而且對無言先生產生了好奇心。

不久，我因研究郁達夫，有機會與郁達夫的友人，當時正在香港中文大學中國文化研究所擔任高級研究員的鄭子瑜先生取得

聯繫。一九八四年，專攻中國修辭學的子瑜先生應邀訪問內地修辭學研究的重鎮——上海復旦大學，約我見面，交談甚歡。正是這次談話，不但促成了周作人的《知堂雜詩抄》在內地出版，也促成了我結識無言先生。我向子瑜先生打聽陳無言其人，他回答道：太巧了，我們熟識。你研究新文學，他也對新文學入迷，對中國現代作家作品很熟悉，我介紹你們認識，對你一定有幫助。這真令我喜出望外。

後來，我才知道，子瑜先生和無言先生都祖籍福建漳州，既是同鄉，也是中學同學，友情甚篤。於是，經過子瑜先生牽線搭橋，我與無言先生聯繫上了，魚雁不斷。無言先生長我三十五歲，是我的師長輩，但他十分客氣，一直稱我這個小輩「子善先生」，無論是寫信稱呼還是寄贈書刊題字，都是如此，始終不變。

可以想見，我們通信的中心話題就是新文學，交流資訊，討論問題，互通有無。當時我需要港台出版的關於中國現代文學的書刊，他都及時尋覓寄贈，而他需要一些三四十年代內地出版的新文學書籍，我也在上海為他搜羅寄去。當然，他提供給我的大大超過我提供給他的。《張愛玲短篇小說集》和《赤地之戀》等張愛玲著作的香港初版本是他寄贈的，梁實秋在台灣出版的許多著譯版本也是他寄贈的，我成為《香港文學》作者之前的每期《香港文學》月刊仍是他寄贈的。特別是極為少見，可能是孤本的葉靈鳳散文集《忘憂草》（一九四〇年十一月香港西南圖書印刷公司初版），他也並不秘不示人，而是全書影印，裝訂成冊寄贈，我後來將《忘憂草》全書編入《葉靈鳳隨筆合集》第一卷，書名就定為《忘憂草》（一九九八年八月上海文匯出版社初版），從而使此書終於與內地讀者見面。可惜無言先生已經去世，未及親見。

一九九〇年三月，我首次赴港參加香港大學比較文學系主辦

的中國當代文學研討會。那天下午，也是無言先生好友的方寬烈先生親自到深圳接我，一併經羅湖過關渡海，直奔港島北角敦煌酒樓，無言先生早已等候在那裏，為我接風洗塵。那是一個頗為愉快的晚上，兩位香港文史前輩與我這樣一個上海小朋友盡興暢敘。研討會結束後，香港文壇友人又為我舉行一次難得的午宴，高伯雨、方寬烈、黃俊東、盧瑋鑾、蘇賡哲、楊玉峰等位都參加了，無言先生自然也在座。飯後，無言先生不顧行走不便，執意與寬烈先生一起帶我去神州、實用等舊書店訪書，在神州和實用都留下了合影。第二天，香港另一位富於傳奇性的作家林真先生賞飯，無言先生又與寬烈先生、俊東先生一起參加了。此後，我只要有機會到港，一定與無言先生和寬烈先生等歡聚，還登門觀賞過無言先生的珍貴藏書。當年與無言先生的這些親切交往，我至今歷歷在目。

　　無言先生在世時，我們見面話題太多，竟忘了向他請教經歷，尤其是他何以會對新文學那麼充滿興趣，樂此不疲。他一九九六年仙去，三年之後寬烈先生寫了〈專研三十年代文壇佚史的陳無言〉一文，後又見告若干史實，我因此得以擇要寫入紀念小文〈無言先生〉中，現再作補充和修訂如下：

　　陳無言，一九一三年生，福建漳州龍溪人，本名莊生，筆名陳野火、書丁等。一九三二年畢業於龍溪縣立高級中學。此後先後執教於龍溪的小學和中學，期間曾參加中學同學許鐵如（即後來成為中共高級幹部的彭沖）主持的「薌潮劇社」，參與劇本的編寫，這大概是他迷上新文學之始。一九三七年起先後擔任漳州《中華日報》、《商音日報》的編輯。不久因侵華日軍逼近漳州，他遠走香港，入正大參茸行任職。一九四〇年，作家楊騷到港，因同鄉關係借住陳無言處一個多月。差不多同時，他又結識了主編香

港《大公報・文藝》的女作家楊剛。與楊騷和楊剛的接觸，大概促使他進一步迷戀新文學，在此之前，他已在用心搜集「原版新文學書籍，以及三十年代出版的雜誌」了。[2] 一九四一年以後，陳無言轉而經商，奔走於浙閩粵各地，並且成了家。一說在此期間他又進武漢大學文學院深造。[3] 抗戰勝利後，陳無言重回香港正大參茸行，任文牘和司帳多年。離開商界後，他又擔任過家庭教師，並為《明報》、《新晚報》等多家香港報刊撰文以維持生計。同時他也一直保持自己的愛好，繼續出沒於香港多家大小舊書店，致力於獵取新文學絕版書刊，逐漸成為香港屈指可數的新文學書刊收藏家。

　　無言先生這樣一份履歷，當然一點也不顯赫，但他對新文學的一腔熱情卻是完全出自內心，一以貫之。而且他不僅精心收藏，在蒐書過程中，每有心得，也動筆撰文，與讀者分享，日積月累，數量已相當可觀。無言先生逝世後，我每次到港與寬烈先生見面，經常討論的一個話題就是，無言先生一生留下不少文字，但生前未能出書，實在是莫大的遺憾。如何彌補呢，我們是否應該為他編選一本以作紀念？寬烈先生手中保存了一些剪報，後來寄給我，希望我在內地謀求出版，然而，我幾經努力未果。再後來，我建議寬烈先生在香港申請藝術發展局資助，不料當時規定出版資助必須作者本人提出申請，但無言先生早已謝世，無法自己申請了，這事又一次擱淺。直到寬烈先生也與世長辭，這事仍無進展，真是好事多磨啊。而今，在無言先生逝世整整廿六年之後，經陳可鵬兄和黎漢傑兄的共同努力，《文苑拾遺錄：陳無言書話集》終於編竣，即將問世了，豈不令我深感欣慰？

　　《文苑拾遺錄》一書清楚地顯示，從一九七七年到一九八七年的十年間，無言先生在《星島日報》、《明報》副刊和《明報月刊》

上發表了近四十餘篇長短文字，寫得這麼多，還是超出了我的預料。他介紹和評論的現代作家之多之廣，更是令我吃驚，其中有許地山、劉延陵、梁宗岱、梁遇春、夏丏尊、羅家倫、羅皚嵐、羅念生、羅黑芷、盛成、彭家煌、彭芳草、楊騷、王世穎、徐蔚南、傅彥長、胡春冰、袁昌英、顧仲彝、吳天、楊剛、冼玉清、何家槐、李長之、張天翼、徐訏、柳木下、周楞伽、馬國亮、卜少夫、齊同、呂劍等位，甚至還有當代作家流沙河。其中約半數以上，大概直至今日內地現代文學研究界仍乏人問津，由此可知無言先生眼光之獨到。他對現代文學史上的邊緣作家和失蹤者一直有極為濃厚的興趣，記得他曾開過一個擬訪書的作家名單給我，除了上面他已寫過的好幾位之外，還有高語罕、敬隱漁、白薇、常風、張若谷、伍蠡甫、盧夢殊、李白鳳、李白英、林憾廬、孫席珍等，從中應可進一步窺見無言先生的新文學史觀。正如他自己在〈從《魯迅全集》人名注釋出錯談到被當作一人的兩位作家：彭家煌、彭芳草〉一文的前言中所表示的：

> 筆者一向有個心願，就是介紹被人忽略甚至遺忘的新文學作家。雖然他們的名字陌生，也未必有多大成就；但他們總算在文學園地出過一點力，不應該被歧視以至湮沒無聞。

筆者明知介紹名字陌生的作家，是一種吃力不討好的工作。「吃力」是沒有名氣的作家資料不容易搜集，「不討好」是寫出來也未必有人欣賞。雖然如此，但筆者為了興趣關係，總捨不得放棄。不管有人認為這種工作頗有意義也好，有人認為是傻人做傻事也好，筆者絕不計較。[4]

而且，即便是寫許地山、張天翼等讀者已經比較熟悉的作

家，他也力圖從新的角度切入，特別注重這些作家與香港的關聯，寫許地山就寫他在香港時所作的《貓乘》，寫張天翼就突出他在香港留下的文字，寫胡春冰就強調他在香港的戲劇活動，寫柳木下就寫到他在香港的寫詩經歷，而這些正是內地讀者和研究者所知寥寥乃至完全不知的。

應該承認，無言先生這些文章中，我特別看重他對與楊騷、楊剛、吳天、柳木下等作家交往的回憶，因為這是他的獨家秘辛，而且他很慎重，只是照實寫出，不隨便發揮。他一九三九年在香港陪同吳天拜訪了許地山、葉靈鳳、戴望舒等名作家和木刻家陳煙橋，但他只在〈記劇作家吳天〉一文中提了一筆，並未展開，很是可惜。值得慶幸的是，他在〈詩人楊騷在香港的時候〉中提供的楊騷一九四〇年回憶的「魯林失和」的第一手史料，極為重要，太重要了，故有必要照錄如下：

> 魯迅寫罵人的文章雖然十分潑辣，但當面對朋友發脾氣卻很少見。只有一次，我親眼看見魯迅與林語堂發生衝突。兩人本來是好朋友，不料因小小誤會而爭吵起來，幾乎鬧得無法收場。事情是這樣的：一九二九年八月底，北新書局老闆李小峰，在北四川路一間酒樓，請魯迅和許廣平吃晚飯。被邀作陪的有林語堂夫婦、章衣萍、吳曙天、郁達夫、川島這幾位。那天我恰巧去探望魯迅，因此也作了陪客。席間李小峰提起這一次版稅事，得到迅師諒解，實在非常感激。不過，始終認為有人從中挑撥，這個人是誰，不必說出名字，相信大家早已明白。魯迅聽了這番話雖不出聲，但面色已陰沉下來。大概林語堂沒有留意，反而附和李小峰。說友松與小峰不但是同業，而且都是周先生的學生，實在不應該挑撥

離間。這時魯迅忽然站起身來，滿面怒容並大聲說：這件事我一定要向大家聲明。我向北新追討版稅，是我自己的主意，完全與友松無關。林先生既指明是友松挑撥是非，就請他拿出證據來。林語堂料不到魯迅有此一著，愈想解釋愈變成爭吵。於是兩人各執一詞，都不肯讓步。後來郁達夫恐怕事情愈鬧愈糟，一面勸魯迅坐下，一面拖著林語堂往外跑，林太太自然也跟著走，當晚的宴會也就不歡而散。

平心而論，這一場誤會，林語堂雖然說錯了話，但並非有意。而魯迅疑心太重，以為林語堂諷刺他被張友松利用，所以要控告北新書局。據我所知，當時張友松創辦一間春潮書店，時常去拜訪魯迅，魯迅曾托他代請律師，這卻是事實。但張友松究竟有沒有向魯迅說過李小峰的壞話，那就不得而知了。[5]

文中的「我」是楊騷。無言先生雖是憑記憶寫下楊騷這兩段話，但這事從發生到楊騷回憶相差不過十餘年，並不久，而且是楊騷與魯迅交往中兩件印象最深的事之一，又打上了引號，應該屬實可信。不妨把魯迅一九二九年八月二十八日的日記作一對照：

小峰來，並送來紙板，由達夫、矛塵作證，計算收回費用五百四十八元五角。同赴南雲樓晚餐，席上又有楊騷、語堂及其夫人、衣萍、曙天。席將終，林語堂話含譏刺，直斥之，彼亦爭持，鄙相悉現。[6]

這就證實，八月二十九日晚不歡而散的這場宴席楊騷確實在場，楊騷回憶的出席者也與魯迅日記一致（矛塵即川島），楊騷

確實是「魯林失和」的見證人。當時因北新書局克扣魯迅版稅，魯迅擬訴之法律，北新老闆李小峰急請郁達夫出面調解，調解成功，故李小峰設宴感謝魯迅和達夫，林語堂等都是作陪。不料一波剛平，一波又起。對這場說大不大說小也不小的爭執，兩位當事人，魯迅只在日記中記了這麼一筆，林語堂日記中也只記了一句，後來回憶魯迅時也只含蓄地提了一筆，郁達夫雖在〈回憶魯迅〉長文中有所提及，但都不及楊騷這段回憶詳實，楊騷所憶最為具體完整，基本上是和盤托出了。如果楊騷不告訴無言先生，如果無言先生不將之寫出，這段史實恐也要像「兄弟失和」一樣撲朔迷離了。只是我讀到無言先生此文已在他逝世廿六年之後，無法再當面去與他進一步探討這個問題了。

無言先生逝世廿六年之後，我才看到的，還有他一九八六年所作的辨析彭家煌與彭芳草並非一人的長文。他撰寫此文，我提供了彭家煌的《出路》、彭芳草的《落花曲》和《苦酒集》三書的影印本，還找到了彭芳草本人，這本來是我應該做的事，他卻在此文中大大表揚我和感謝我，並且指出「由於興趣相近，大家雖然未見過面，但從書信往還中，彼此已建立了真摯的友誼」。我以前一直不知道他如此肯定我，這次讀到，深受感動，其實我是受之有愧的。

與我認識的香港一些中國現代文學研究者不同，無言先生並不在學院裏討生活，所以他不必受學院裏種種清規戒律的約束，一直埋首於拾遺補闕，浸淫其中，樂在其中，寫文章也是有話則長，無話則短，率性而為。他生前不求聞達，十分低調，平時走在香港馬路上，就是一個普通和藹的小老頭。而今，不要說大學中文系學子，就是香港和內地大學裏專門研究中國現代文學史的教授，又有幾人知道陳無言這個名字？

　　二十世紀六十年代以降，香港除了有葉靈鳳、曹聚仁、劉以鬯等既參加過新文學運動同時對新文學文獻也大感興趣的老一輩作家，又湧現出一批從事文獻整理和研究的新文學愛好者。在我看來，他們中的佼佼者有方寬烈、杜漸、黃俊東、盧瑋鑾、許定銘等位，無言先生也在他們之中，而且是他們之中最年長的。因此，我們不應該忘記無言先生，正像無言先生所說的後人不應該忘記名字陌生的作家一樣。

注釋：

(1) 司馬長風：〈跋〉，《中國新文學史》下冊，台北：傳記文學出版社，1991 年，第 374 頁。

(2) 陳無言：〈編《文藝》版出身的女作家楊剛〉，香港：《星島日報・星辰》，1978 年 9 月 24 日。

(3) 關於陳無言一九四五或一九四六年畢業於武漢大學文學院或中文系，方寬烈〈專研卅年代文壇佚史的陳無言〉和李立明〈記陳無言〉均持此說。但查武漢大學文學院一九四四至一九四七年畢業生名錄：均無陳無言名字，只能待考。

(4) 陳無言：〈從《魯迅全集》人名注釋出錯談到被當作一人的兩位作家：彭家煌、彭芳草〉，香港：《星島日報・星辰》，1986 年 5 月 15 日。

(5) 陳無言：〈詩人楊騷在香港的時候〉，香港：《星島日報・星辰》，1977 年 11 月 23 日。

(6) 魯迅：《魯迅全集》第 16 卷，北京：人民文學出版社，2005 年，第 149 頁。

作者贈陳子善《張愛玲短篇小說集》

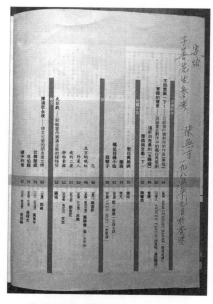

作者贈陳子善香港文學刊物

淺談前輩書話家陳無言

黃晚鳳

中國古代有以評論為主的詩話、詞話、曲話，也有以文獻為主，專談藏家與版本的如清末民初的《書林清話》。而本書所言的「書話」是指近似古代所稱的「書跋」。「書話」即「話書」，意旨關於書的書。現代書話的流派，可以說是從周作人開始，周氏對自己的寫作曾言：「我所說的話常常是關於一種書的。」這句說話點出他認為書話所必須具備的兩項條件——「書」與「話」。「書」扣住書話的根本，即以書為線，由書談開，「書」的不可缺少是形成書話文體凝聚力和特點的首要條件；而「話」即是閒談，包含了書寫書話時的行文風格及其閒適、隨性、印象式批評等特點。

周作人開創現代書話，使五四過後的文人式書寫傳統復甦，繼而影響當時和此後的一些作家的寫作。於上世紀二、三十年代這一時期，社會矛盾頻生，各種思潮湧現，各大家之間的筆墨揮灑尤其激烈，故該時期可圈可點的書話作品甚多。而作品內容大致是不離書人書事，尤其注重關於書的掌故、事略等。當時書話名家唐弢也提出關於書話的「四個一點」，是迄今對「書話」比較完善的闡述。「一點事實」，指撿一點即可，不宜甲乙丙丁，鋪開來說；「一點掌故」，指帶有知識性，且鮮為人知；「一點觀點」，指具有作者的獨特見解；「一點抒情」，指筆端帶有情，帶有點書

卷氣，以給人知識，也給人以藝術上的享受。另倪墨炎亦提出，能寫書話的書至少要具備兩條：一條是比較鮮為人知；二是要有點意思，如在見解上對讀者或會有所啟迪，或在性情上能引起共鳴，或能引發一段史實或一種知識，或很有趣可供人解頤。而與古人書跋和書事筆記不同的是，今人書話的版本目錄較為注重介紹關於現代書刊的內容、版本、流佈和傳遞狀況。

本書作家陳無言，一九七七年開始在《星島日報·星辰》版發表上世紀三十年代作家傳記數十篇，其中像張若谷、傅彥長、敬隱漁、高語罕、彭家煌、彭芳草、馬國亮、梁得所等，《中國文學家辭典》現代四個分冊都未見收入，可見他的著述對新文學史有一定的貢獻。可惜一九八六年其太太去世，他備受打擊，一九九〇年又患輕微中風，不能再逛舊書店。在上世紀六十年代開始，陳無言已迷上了書，專搜文學史料，成績可觀。據說司馬長風撰《中國新文學史》時，曾向他請教，獲得很多鮮為人知的一手資料，書出版後比李輝英所編的一冊，更為詳盡。對此，作家方寬烈在〈專研三十年代文壇軼史的陳無言〉一文中說到：「陳無言和我的交誼逾二十年，深知他是一個專心學問，默默耕耘，不喜活動的人，為讓他在香港文學史上不致給人遺忘，特就所知草成此文，特別著重他當年發掘文學資料的經過。」

而作家李立明於其刊登在《香港文學》上〈記陳無言 —— 香港作家懷舊小誌之一〉一文中亦都提到陳無言是一個對研究現代作家及現代文學史有一定資歷與濃厚興趣的人，為此他自四十年代開始收集很多新文學作家的資料、絕版書，及文學雜誌。從事寫作多年，陳無言專寫一些少人注意而作品有水準的作家，同時亦會討論文壇上一些有問題的資料並作出指正。其中以〈從魯迅全集人名注釋出錯談到被當作一人的兩位作家彭家煌、彭芳草〉，

一九八六年五月十五、十六、十七日發表於香港《星島日報・星辰版》這一篇新文學史料辨錯之作做得最為出色。彭家煌與彭芳草被混為一人，由來已久。陳無言舉出七本書持同一說法：一九四七年《文藝月旦》，一九四八年《當代中國小說戲劇一千五百種提要》，一九五九年馮式編《中國文學家辭典》，一九七六年朱寶樑編《二十世紀中國作家筆名錄》，一九七七年李立明著《中國現代六百作家小傳》，一九八一年新版《魯迅全集》人名注釋，一九八三年《抗戰文藝研究》。至一九八四年出版的《魯迅研究》第四期中，陳福康著《魯迅全集注釋補正》一文，才指出彭家煌從未用過彭芳草這個筆名。另，陳無言通過上海陳子善尋找到了彭芳草，再證明彭芳草是另外一個人，不是彭家煌，而是兩個人的。以上種種事情的描述看似容易且有條不紊地進行，然而實際實踐起來卻是困難重重，若非作家本人對辯證文學史料真偽有一份執著，以及其對文學書籍的廣泛涉獵等，如此吃力的工作恐怕難以獨力完成。然而陳無言退休後仍筆耕不輟，寫了許多有分量的學術文章，生前亦曾接洽香港的出版社出版專書，可惜沒有成功。

　　另外，陳無言友人、著名書話家許定銘同樣於《作家雙月刊》上〈喜得舊書一批〉一文中提及陳氏，「除了珍藏三十年代絕版文學書，陳無言經常也寫些相關的文章，談書論人，頗有見地，發表後間中也影印一份送給我，可惜他寫得不多，沒有結集，相信現在也難以找到了。」由此可見陳無言文學藏書之驚人，以及其文學知識之豐富。而這些事實均可在本書的某些篇章窺得一二，如篇章〈多才短命的梁遇春〉中提及梁遇春的兩部作品《春醪集》、《淚與笑》均為少見的絕版書，然作家卻能引其中篇章供讀者欣賞。又如篇章〈《羽書》之作家 —— 散文家吳伯蕭逝世〉中提到

《羽書》被列為巴金主編的「文學叢書」第七集之一，原書絕版已久，目前難得一見，而作家同樣列出其中一篇〈山屋〉供讀者閱讀。其他諸如小說家羅黑芷、東北作家高滔等某些較少為人知而又優秀的作品，陳無言亦都逐一列出，並引以評論家趙景深、李一鳴，李輝英等人對這些作家作品的評價，力證他們在文學園地上的潛力與貢獻。

《陳無言書話集》全書內容都是介紹一些在文學創作上耕耘無數，卻似乎鮮少人知、藉藉無名的作家，如何家槐、劉延陵、楊剛等；又如被誤解成一人的作家彭家煌、彭芳草等，他們對中國文學史有一定程度的貢獻，若讓這些作家隨時間的洪流默默無名地流逝，豈不可惜？故以此書為這些作家在新文學史上留下印記，是對這些人的一點紀念，同時亦都是對本書作家陳無言的肯定。

參考文獻：

黃仲鳴：〈書癡陳無言〉，《香港文匯報》，2020 年 1 月 14 日。

李立明：〈記陳無言 —— 香港作家懷舊小誌之一〉，《香港文學》1999 年 1 月 1 日，第 169 期。

許定銘：〈喜得舊書一批〉，《香港作家》，《作家雙月刊》，1999 年 2 月，第 3 期。

汪家明：〈范用 —— 書話書的推動者〉，《文匯報》，2021 年 5 月 31 日。https://wenhui.whb.cn/zhuzhan/bihui/20210531/407180.html

善本古籍：〈從知堂到黃裳：周作人書話及其影響〉，2022 年 2 月 26 日。https://twgreatdaily.com/W_TUfnABgx9BqZZIIpXz.html

作者生平照片

作者青年時期照片一

作者青年時期照片二

作者青年時期照片三

作者中年時期照片一

作者中年時期照片二

左一為作者，中間為陳子善。

左起：黃俊東、方寬烈、李國柱（林真）、陳無言、陳子善。

作者與方寬烈合照

多才短命的梁遇春

（一）

梁遇春是二十年代末與三十年代初之間，一位傑出的散文家。可惜他在文壇出現只有短短幾年，就像曇花的命運一樣；當牠開得最燦爛的時候，也就是牠凋謝的日子了。

梁氏的作品都是在頗負盛名的《語絲》、《新月》、《奔流》、《北新》、《駱駝草》等刊物上發表的。後來分別編入兩本散文集，第一本《春醪集》，共收十三篇（一九三〇年三月北新書局出版）。第二本《淚與笑》，共收二十二篇，是梁氏死後由摯友廢名、石民、劉國平等合編的（一九三四年六月開明書店出版）。

文章清麗脫俗，內容巧思多辯，這就是梁氏作品的特色。其格調與英國著名作家蘭姆（Chales Lamb）的《伊里亞散文》相當接近，柳存仁也認為梁氏是中國僅有少數能夠懂得 *Essay Of Elia* 的好處之一人。

梁氏喜歡在文章裏提及外國作家，或引用他們的語錄。更喜歡採用古怪的題目，例如：〈吻火〉、〈人死觀〉、〈還我頭來及其他〉、〈失掉悲哀的悲哀〉、〈論知識販賣所的夥計〉、〈無情的多情和多情的無情〉等。正如唐弢（晦庵）所說，只看題目，就知這作者薈思熟慮；對人生進行著不斷探索，真有「語不驚人死不休」的味道。

（二）

梁氏逝世至今已有四十五年，他的兩本文集早就絕版了。目

前想看看他的文章，也不是容易的事。因此，我特地從他兩篇遺作摘錄片段給大家欣賞。雖未能看到全貌，也聊勝於無。

《春醪集》中之〈人死觀〉：

死是這麼一個可怕著摸不到的東西，我們總是設法迴避它；或者生死兩個意義混起，做成一種驅自己的幻覺。可是我相信，死絕對不是這麼簡單乏味的東西。

我們對生既然覺得二十四分的單調乏味，為什麼不勇敢地放下一切對生留戀的心思？深深地默想死的滋味。壓下一切懦弱無用的恐怖，來對死的本體睜著細看一看。

《淚與笑》中之〈途中〉：

我們從搖籃到墳墓也不過是一條路，當我們正寢以前，我們可以說是老在途中，途中自然有許多的苦辛；然而四圍的風光和同路的旅人都是極有趣的，值得我們跋涉這路程來細細地鑒賞。

最要緊的是不要閉著眼睛，草草一生，始終沒有看到了世界。

（三）

當時梁遇春這種獨特風格的散文，不但引起文學界人士的注意；而且給予評價也褒多於貶，以下是諸批評的意見：

書評家甘永柏在《人世間》（第十三期）書評中說：「近來的

小品文，在文體上抒情文與說理文，大半幾乎是完全分開來各自發展的。梁先生的文章的特點，則是冶此二者於一爐。」

名作家廢名在《淚與笑》序文中說：「梁氏的散文是我們新文學當中的六朝文，這是一個自然的成長，我們所欣羨不來學不來的。」

雜文家晦庵在《書話》中說：「遇春好讀書，對西洋文學造詣極深。看來駁雜，寫來縱橫自如了。遇春走的是一條快談、縱談、放談的路。他愛思索，愛對自己辯論。有時帶著過多感傷的情調，雖說時代使然，卻也是他個人的缺點。」

文學批評家侍桁在《文學評論集》中說：「梁氏是怎樣地好奇與在思想上立異。同樣的話，同樣的事，他要找尋出與人不同的解釋，才得滿足。他認為這種怪癖，是他獨特個有的一種天才。」

（四）

梁遇春別號「馭聰」，又名「秋心」。一九〇五年在福建省福州市誕生，但在北方長大。中學畢業後先唸預科，然後入北京大學攻讀西洋文學系，大約於一九二八年畢業。不久就到上海暨南大學西洋文學系當助教，主講英國散文。由於他一向喜歡英國文學。對於散文尤為偏愛，著實下過鑽研工夫。所以講述起來如數家珍，自然大受學生讚賞。後來他突然辭去這份工作，跑到北京圖書館做事。起初朋友們都覺得奇怪，事後石民（翻譯家，梁氏北大同學，當時在上海）接到梁氏的信，才知道他離開上海的原因；只是為了暨南大學工作少，等於白拿學校的錢，自己覺得不好意思，如此簡單而已。從這件小事可以看出梁氏做人的態度。（綜合資料）

　　梁氏生得瘦瘦的傴子，方方的臉孔。鼻樑上架著一副並不時髦的近視眼鏡。終年總是穿得很整齊。頭髮老是梳得光溜溜。看起來倒有一點斯斯文文的恂恂儒者的氣派⋯⋯他雖然沒有出過洋，鍍過金；但他的英文說得非常漂亮，一點也聽不出他的口音帶有中國腔調。（摘錄溫梓川著《文人的另一面》）

　　在一群人裏，遇春老是躲藏在那兒笑笑。在兩個人當中，他決不使人注意他。倘若有什麼與人矛盾之處，他寧可用避免的手段表示，好過用反對⋯⋯他的謙和是頂不勉強的，只是叫人覺得相處甚安。另一點使旁人喜歡他的就是他言語之間稍有「口吃」，這個小缺憾卻能招人喜歡。（摘錄柳存仁著：《人物譚》）

（五）

　　梁氏一生創作很少（只有兩本散文集），翻譯比較多。不過，他所譯的都是英國作家的作品。屬於小說的有：《我們的鄉村》、《三個陌生的人》、《詩人的手提包》、《青春》、《蕩婦自傳》（以上北新版）、《吉姆爺》（商務版）。屬於詩歌的有：《英國詩歌選》（北新版）。屬於散文的有：《小品文選》、《幽會》（以上北新版）。屬於童話的有：《老褓母的故事》（北新版）。屬於傳記的有：《一個自由人的信仰》（北新版）。此外，他破例譯了兩本俄國小說：就是高爾基的《草原上》，迦爾洵的《紅花》（以上北新版）。上述各種，大部分都是英漢對照，並附有注釋。據說這種辦法是周作人所建議的，周氏認為採用英漢對照出版，讀者會更感到有趣味。

(六)

　　這一位才華出眾的散文家梁遇春，不幸於一九三二年秋天，患了猩紅熱症不治逝世。死時只有二十七歲，遺下一妻一子，景況十分淒涼。

　　在梁氏死後兩星期，朋友們開了一次追悼會紀念他。那天廢名親自撰了一副輓聯，痛恨梁氏懷才而早逝，聯文是這樣的：

　　　　此人只好彩筆成夢
　　　　為君應是曇華招魂

　　　　　　《星島日報‧星辰版》一九七七年四月二十一日

梁遇春散文作品

梁遇春翻譯作品

魯迅日記所提及之林惠元

魯迅日記中所提及的人物，大約有數百人之多。大部分都是大家所熟悉的作家、翻譯家、版畫家、以及書刊編輯等。但也有一部分是不見經傳的人物，例如林惠元（別號若狂）的名字就比較陌生了。

因為林惠元只是一個尚未成名的作家及翻譯家，他寫過散文，也寫過介紹外國作家的文章，分別發表於《語絲》、《中學生》、《青年界》等刊物。不過這些文章並沒有結集出版，所以知者不多。後來他專心致力於翻譯工作，花了不少時間譯完一部《英國文學史》，由上海北新書局出版。據說這部書是根據 F. S. Delmer 原著：*English Literature（From Beowulf To Bernard Shaw）*全譯的。可惜出版後銷路不如理想，令他心灰意冷；終於悄然離開上海，返回他的家鄉漳州。

為了了解林惠元在上海時與魯迅及其他作家來往的情形，現在先將幾段日記摘抄出來（由筆者略加說明）然後再介紹他的身世。

一九二八年。七月六日：

「下午。小峯（北新書局老闆李小峯），予塵（原名章廷謙，筆名川島，《語絲》負責人之一）來。雨。楊維銓（詩人，筆名楊騷）、林若狂來。晚邀諸客及三弟，廣平同往中有天夜餐。」

九月廿七日：

「晚。玉堂、和清（即《宇宙風》編輯林憾廬）、若狂、

維銓同來，夜邀諸人至中有天晚餐。」

十月一日：

「晴。上午得林若狂信并稿。」

一九二九年。二月十五日：

「晚。林若狂持白薇稿來。」

三月十日：

「夜。楊維銓，林若狂來。」

三月十七日：

「晚應小峯招飲。同席為語堂、若狂、石民（詩人，翻譯家）、達夫、映霞、維銓、馥泉（翻譯家汪馥泉，曾與陳望道等創辦大江書舖，一度接替施蟄存主編《現代月刊》）等。」

四月十一日：

「下午。林惠元來，不見，留函而去。」

四月十三日：

「覆林惠元信。」

一九三○年。三月廿九日：

「上午。林惠元、白薇來，未見。」

三月三十日：

「上午。白薇及林惠元來。」

從日記中可以看出林惠元在一九二八年至一九三○年之間，經常去探訪魯迅；也知道林惠元認識不少作家，比較有交情的是楊騷與白薇。

林惠元本身雖然沒有什麼名氣，但提起他兩個親人，相信都是大家所熟悉的。原來林憾廬、林語堂都是他的叔父。惠元的父親林孟溫是長兄，憾廬排行第三，語堂排名第六。惠元在兄弟中

也是大哥。二弟惠泉（早逝）、三弟惠潛（現在南洋經商）、四弟惠川（抗戰期間病逝）、五弟惠瀛（現在星加坡教書）。

　　惠元大概是一九三一年初間到漳州的。後來擔任民眾教育館館長，館址設在漳州中山公園內。當時筆者剛好高中畢業，還沒有找到工作。因與惠川是多年的好朋友，所以也就認識了惠元。他戴著一副近視眼鏡，經常穿著一套並不時髦的西裝。是一個性格爽朗，熱情而健談的老實人。後來筆者讀了不少新文學作品，以及世界名著譯本，都是惠元所提供的。

　　記得有一次跟惠元閒談，話題扯到作家生活方面。惠元感慨地說：「一般人以為做了作家就可以名利兼得，生活一定是多姿多彩的。不過，這只是看到美好的一面。但暗澹的一面，是外界的人無法看到的。就以我本身所經歷的事為例吧：我曾經花了一年的心血，譯了一部《英國文學史》，請六叔替我校閱，並請他寫一篇序文推薦這部書。可是等了幾個月還沒有消息，惟有追問六叔。他的答覆是沒有時間看稿，所以也沒有辦法寫序。當時我負氣取回原稿，親自跟書店接洽。據他們的看法這是冷門書，又沒有名家作序，恐怕難有銷路。結果沒有一家肯印這部書。當時我很窮沒有能力自費出版，只好以低價賣給北新李小峯。後來書雖然出版了，但是銷路不好。我受了這一次打擊，以後再也提不起譯書的興趣了。這種情形雖然只是我個人的遭遇，相信也是一般未成名作家的遭遇。」

　　一九三二年四月間。漳州政府接受海外僑領的建議，調派十九路軍入閩。由蔡廷鍇主軍，蔣光鼐主政。漳州則由一團軍隊駐守，團長李金波兼城防司令。

　　林惠元除了本職（民眾教育館館長）之外，後來兼任抗日委員會主席。這個機構是縣政府委派人員與當地各界知名人士聯合

組成的，（會址也在中山公園內）主要的任務是宣傳反日及抵制日貨。本來有不少商人向廈門日本洋行採購布匹和藥品，運來漳州出售，據說利潤相當好。自從抗日會成立，林惠元主張用勸諭、警告、標封拍賣（只能收回成本）的辦法，結果收效極大。販賣日貨商人因為無利可圖，也就改營國產及英美貨品了。

當時有一個商人簡孟嘗存有大批日本藥品，經抗日會屢次勸諭與警告，他始終不肯合作，日貨還是一批批從廈門運到漳州來。後來經惠元暗中調查，發現簡孟嘗是有後台老闆的。原來李團長就是簡的姐夫，生意是兩個人合作經營的。但惠元並沒有被權勢所嚇倒，於是召集各委員開會討論，結果議決採取行動。一方面標封存貨，一方面把簡孟嘗遊街儆戒，並在他胸前掛了一塊紙牌，上面寫著：「奸商簡孟嘗是日本鬼子的走狗！」

李團長知道這件事是惠元出的主意，認為非把他剷除不可。於是派了幾個車隊到抗日會，正式拘捕惠元押往團部，連同另一名犯人立即綁赴刑場槍斃。行刑後在街張貼告示，宣佈林惠元勾結悍匪王俊，在北鄉一帶打家劫舍，證據確鑿，應即執行槍決。筆者記得惠元遇害時大概是三十歲左右、而且尚未結婚。

後來惠川告訴筆者，關於惠元被害的前因後果以及詳細情形，早由他父親寫信給六叔（當時語堂在上海），據六叔回信說，這件事已用「中國民權保障同盟會」的名義，並由宋慶齡領銜：發電報給蔡廷鍇，請他徹查這宗案件。但據筆者所知，那封電報並沒有發生作用，因為當時蔡廷鍇正醞釀閩變，哪有功夫理會這種小事兒呢？

惠元遇害至今已有四十多年了，死者已矣！不過，有一個問題一直在筆者腦海中盤旋：

「一個反日工作者，他沒有死在敵人手上，反而死於抗日軍隊

的槍下。這究竟是幽默？還是諷刺呢？」

《星島日報·星辰版》一九七七年八月十一日

林惠元著《英國文學史》初版封面書影

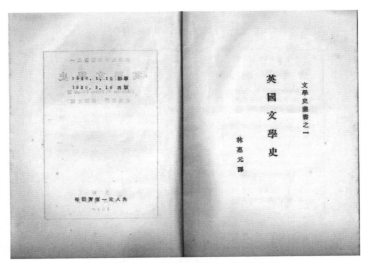

林惠元的《英國文學史》內頁

悼念戲劇家胡春冰

戲劇家胡春冰是一九六〇年十月十一日，因癌症不治在香港養和醫院逝世的。最遺憾的，就是他的太太唐淑明；以及兩個女兒春英和紅市，當時都在大陸，沒有辦法到香港見胡氏最後一面。

胡氏不但是中國近代著名的戲劇家，而且是一位多方面的作家。雖以創作劇本為主，也翻譯外國戲劇和小說。其一生創作及翻譯，已出版單行本的，計有數十種之多，散見於報刊未有結集者亦復不少，所以也是一位多產作家。

遠在一九二四年間，胡氏便開始在北平《世界日報》副刊「明珠」，發表戲劇批評文章了。當時經常替「明珠」寫稿的，還有張恨水、馬彥祥、張友彝、朱虛白等人。胡氏的著作署名多用胡春冰，有時也單用春冰二字。但筆名「春英紅市」（也是胡氏兩個女兒的名字）卻很少用，所以知者不多。

胡氏是浙江紹興人。身材生得矮而微肥，頭髮大半已經光禿，圓圓的臉架上一副寬邊眼鏡。對人的態度誠懇而客氣，一般見過胡氏的人，對他的印象都不錯。

大約一九二五年，胡氏畢業於北京大學。後來往美國西北大學深造，專攻戲劇一科，也許因此而奠定他一生從事戲劇工作的基礎。一九三八年底，胡氏經過廣西一個城市，被當地教育人士邀請演講，就說過這樣的話：

> 我有兩個資格。一個是遲鈍的學生，讀戲劇的書愈多，愈發現自己知道得太少。另一個是敗北的小兵，可是屢戰屢敗。

遲鈍的學生但還堅持著學習，敗北的小兵但不是敗北主義者。倘若我能和中國的新戲劇同其命運；那麼，我是該歡欣，該感到光榮了。

由此可見胡氏對於戲劇熱愛之深，鑽研之勤。

胡氏正式參加戲劇工作，大概由一九二五年擔任北平青年會民藝劇社社長開始。到了一九二八年初，與田漢同時在上海藝術大學教書；因而加入「南國社」，成為田漢得力助手。大家在最艱辛的環境中，開拓戲劇的領域。在這一段期間，胡氏獲得不少實戰經驗。

後來胡氏應聘到北平，就任民國大學教授。但不久就接到歐陽予倩來信，請他到廣州協助籌備戲劇研究所，那時胡氏心情不好，正想轉換一下環境，因此立即回信給歐陽予倩，答應了他的邀請，於是胡氏便從北方到南方來了。胡氏曾在《文藝世紀》發表一篇：〈回憶南方劇運三十年〉，記述這一次旅程。文章寫得輕鬆有趣，而且其中所提及的人與事，都是近代劇壇珍貴史料。可惜原文太長，現在只能摘要介紹給大家欣賞：

　　我於一九二九年二月八日由北平到上海，住在一家江南旅館。先拜訪了歐陽予倩夫人劉紉秋女士，探聽有關戲劇研究所情形，並領到一筆旅費。然後約了老朋友馬彥祥、陳明中、朱穰丞等見面，大家談得很愉快。

　　到了晚上，旅館夥計見我是單身旅客，就輪流向我兜生意（叫我召妓女陪宿）。我因為不堪其擾，只好打電話向彥祥求救，後來彥祥趕到旅館伴我作長夜談，才替我解了圍。

　　第二天，我乘搭 SPINX 號郵船離開上海。十二日到達

香港，船停在海中間。後來看見有幾個人上船來，手裏揮動著白旗，上面寫著：「歡迎胡春冰先生」。我卻一個人也不認識，但結果還是糊裏糊塗被他們擁上小艇。上岸後又被他們帶往一間旅店，我想問一些情形，用國語、英語、加以手勢，但夥計們都搖頭而去，這種情形真像神話故事。

幸虧旅店主人（貴州人）回來，大家見面交談，才知道歐陽予倩臨時因事不能來港，所以打電話請店主人代他照料我。電報上還列了一個地址，叫我去見見剛從法國回來的音樂家馬思聰。

連我自己也料不到，我人地生疏言語又不通，居然能夠憑地址找到了馬思聰。那時他才十八歲，面圓圓而略長，未說話先靦腆。有時覺得國語不夠表達情緒，就加上法蘭西式的手勢或感歎詞。我們談得很好，而我的使命也完成了。

十二日晚上，我搭西安輪離港，十三日早晨抵達廣州。歐陽予倩親到碼頭迎接，並安頓我住在戲劇研究所籌備處。在這裏我見到好幾位老朋友，原來田漢、洪深、唐槐秋、嚴工上、周桂菁、邵知歸、易健泉這班人，早已參加籌備工作，我卻坐享其成。

一九二九年二月十六日，廣東省立戲劇研究所正式成立。歐陽予倩任所長，唐槐秋為劇務主任，胡氏主編的《戲劇》雜誌也於同年九月創刊，成為當時南中國第一本純戲劇刊物，可惜後來出至二卷六期便宣告停刊了。胡氏許多翻譯作品〈現代戲劇大綱〉、〈思想劇〉、〈新社戲論〉、〈匈牙利的戲劇與戲劇家〉等，都是在該刊發表的。

一九三一年六月，戲劇研究所奉令停辦，這一朵南國戲劇之

花，就從此枯萎而凋謝了。研究所自成立以至結束，雖然只有兩年左右，但對於推動南中國劇運，卻起了很大的帶頭作用。本港話劇界前輩容宜燕在〈話劇在香港的發展〉一文中，也認為研究社極具影響力：

> 一九二九年廣東戲劇研究所在廣州成立，造就了不少戲劇人才。華南的劇運接著廣泛地展開，使粵語話劇有別於粵劇，成為一種獨立的戲劇體系。香港密邇廣州，得風光之先，迅速地把這種新藝術形式接受過來。
>
> 特別由於教育界人士的熱心提倡，粵語話劇便在香港拓展，成為教育戲劇的一大支柱。（見《當代文藝》六十三期）

胡氏在戲劇研究所時，負責講授戲劇理論，以及戲劇的基本知識。此外，就是指導學生閱讀中外著名劇本，然後大家共同分析，研究及討論。經胡氏悉心培養出來的第一屆畢業生，如盧敦、李晨風、吳回、李月清等，目前在香港影劇界都有相當成就。

論胡氏致力於華南戲劇工作，較有成就較有貢獻的，應該是他定居香港的一段時期（一九五〇年至一九六〇年）。因為他自擔任樂聲戲院宣傳主任之後，生活也就安定下來，使他能夠專心於戲劇工作。胡氏後期的作品如：《紅樓夢》、《兒女風雲》、《錦扇緣》、《美人計》、《李太白》、以及《探親家》等劇本，都是在這期間中完成的。

除了編寫劇本之外，胡氏對於領導話劇演出，以及其他戲劇活動，無不悉力以赴。初期擔任「中華基督教青年會劇藝社」導演。後來加入「中英學會中文戲劇組」，成為該組創辦人及領導人之一。有關中文戲劇組的組織以及活動情形，中國著名戲劇家姚

克在一九六九年發表的一篇〈戰後香港話劇〉中，有極詳細的報導，現摘錄其中主要部分於下：

中英學會中文戲劇組的成立，在香港話劇史來說，是起了大本營的作用。它團結了全港劇人，協助全港各戲劇團體和各學校的戲劇工作，擔任香港劇運的主要角色。組的本身，每年都舉辦一次盛大公演。

一九五二年該組首創期間，領導人為主席馬鑑，副主席姚莘農，胡春冰。工作委員及各特別小組委員，有高浮生、柳存仁、黎覺奔等十餘人。組員六十餘人，戲劇之友二百餘人。這樣的組織，顯然是相當龐大的。

一九五五年起至一九六〇年止，香港一共舉行過六屆藝術節。在藝術節中上演的話劇，還是以中文戲劇組為典型的。現將每屆演出劇目分別列下：

一九五五年：《紅樓夢》（胡春冰編導）及《清宮怨》（姚莘農編導）

一九五六年：《西廂記》（熊式一編導）

一九五七年：《錦扇緣》（胡春冰編導）

一九五八年：《美人計》（胡春冰編劇、熊式一導演）

一九五九年：《李太白》（胡春冰編導）

一九六〇年：《紅拂》（柳存仁編劇、鮑漢琳導演）

除了參加藝術節以外，也經常作為公演性的單獨演出。一九五五年至六〇年的六年間，中文戲劇組就演過《兒女風雲》、《梁上佳人》、《妙想天開》等多幕喜劇。（見《純文學》

二十二期）

讀了上面這篇報導，就可以想像得到，當時胡氏在中文戲劇組所負擔的責任與工作是十分繁重的。

胡氏一生著作頗多，概括起來可以分為編選、創作、翻譯三類。筆者現將調查所得列一書目，以供愛讀胡氏作品人士參考。

（一）編選——《抗戰戲劇選》（初集及續集）、《現代中國戲劇選》、《世界戲劇選》、《兒童戲劇選》。

（二）創作——（屬於評論及雜文）：《抗戰文藝論》、《抗戰戲劇論》、《有國大家愛》。（屬於劇本）：《愛的革命》、《黃花崗》（集體創作）、《狂歡的插曲》、《光明三部曲》、《丈夫打了敗》、《性的剩餘價值》、《東廂記》、《愛國男兒》、《中國男兒》、《女兒城》、《香港暴風雨》、《袁崇煥》、《紅樓夢》、《美人計》、《李太白》。（屬於電影劇本）：《絕代佳人》、《打漁殺家》、《血海花》、《地久天長》、《情人四萬萬》。（屬於小說）：《劉海倫與柳喜蓮》。

（三）翻譯——（屬於劇本）：《老少都為難》、《兄妹的悲劇》、《翡翠菩薩》、《新結婚的一對》、《有家室的人》、《梨歐娜達》、《文學》、《妒》、《小月刊》、《奇雙會》、《回首前塵》、《跛足國王》、《錦扇緣》、《兒女風雲》（合譯）、《探親家》。（屬於小說）：《孤戀女》、《朗素娃的幸運》、《夏娃與蘋果》、《女人與法律》、《萬劫歸來》（合譯）。（屬於遊記）：《蘇聯遊記》（蕭伯納原著）。

在胡氏著作中，筆者認為有幾本書應該提出來談談的。

（一）一九五四年間，胡氏計劃編印一套「學校戲劇叢書」。他在總序文中說：

戲劇是文學的主要形式之一，演劇是一種能動方法，戲劇的教材，戲劇的教授方法，在各國的新教育建設中，佔著很重要的位置。可是海外的中國學生，直到現在還在等著戲劇讀本的出現，本叢書就是為了滿足這種需要而編輯的。為了供應各學校演劇需要適宜劇本，學校戲劇讀本將包括陸續編寫、翻譯、改譯和選擇的各式各樣的劇本，以適合各級學生各種場合的應用。

後來胡氏依照原定計劃，陸續出版《現代中國戲劇選》、《世界戲劇選》、《兒童戲劇選》等三種；包括了創作，翻譯與兒童劇本。如果繼續編印下去，只要胡氏用客觀的眼光，嚴謹的態度去編選，相信將來一定大有前途的。可是後來始終不見有第四種出版，不知為了什麼原因以致計劃中斷，這實在是十分可惜的。

（二）一九五七年胡氏創辦了一家「戲劇藝術社」並用該社名義出版他所譯的劇本《錦扇緣》。胡氏在這本書後記中說：

《錦扇緣》改譯的動機，是由於我對世界古典喜劇的愛好。在戲劇的學習與工作中，我深深感到中外的古典文學，中外的舞台藝術，是可以而且必須融會貫通加以運用的。我又深信，東方西方的戲劇學，有其共同點，再在有其相交接之處。

馬鑑教授認為《錦扇緣》之改編，是一個有價值的試驗：

胡春冰教授把哥爾多尼的（Ilventaglio）改編成為中國的古裝劇，用中國優良傳統的表演藝術上演。這個大膽的嘗

試，將使各國優美的古典文學與戲劇，和中國大眾接近。在
文化交流與豐富上，是一個有價值的試驗。

前輩戲劇家熊式一也認為《錦扇緣》改編的非常成功：

> 胡先生是戲劇界的大師，經驗豐富，改編劇本，游刃有
> 餘。所以這本《錦扇緣》讀起來，不覺得它是由意大利十八
> 世紀的劇本改編的。他利用很多成語，俏皮話，恰恰的得到
> 了融會貫通的好處。胡先生能夠在這三幾萬字之中，把各種
> 各樣的男女老少們的人格個性，充分表達出來。怎不令人痛
> 快，怎不令人佩服？

據筆者所知，意大利喜劇大師哥爾多尼（Carlo Goldoni）生
於一七〇七年，死於一七九三年，是一位傑出的戲劇家。他廢除
了喜劇中的定型化，創造了活生生的人物。在他的劇本中，凡夫
俗子或僕人常常作為主角出現。他所編寫的《一僕二主》、《女店
主》、《可笑的事件》、《新居》、《扇子》、《造謠的婦人》等劇本，
在歐洲各國的舞台上不斷演出，大受觀眾讚賞。《錦扇緣》就是
根據《扇子》翻譯改編的。胡氏把時代背景巧妙地安排於中國明
朝天啟年間，並將人物、談吐、服裝全部中國古代化。經過幾次
演出的考驗，結果都很成功，這證明了胡氏的才華不凡。

後記

胡氏不幸於一九五五年患了致命的癌症。當時他經常入院治

療，稍見好轉又隨時出院。他明知自己的生命迫近盡頭，但他並不消極，對於戲劇工作反而積極起來。試看中文戲劇組參加藝術節，前後演出七個劇目，由胡氏編劇或導演的佔了四齣，這就足以證明了。

在癌症時發時止的幾年中，胡氏一面與死神搏鬥，一面努力工作，希望能替戲劇界盡多一點力。這種堅強的意志，熱愛工作的精神，實在令人感動，令人敬佩！

筆者與胡氏只有一面之緣（有一次陪朋友到樂聲戲院探訪胡氏），既不是他的朋友，也不是他的學生，現在只是用讀者的身份悼念他。不過，筆者認為胡氏一生熱愛戲劇，能為自己所喜愛的事業 ── 戲劇 ── 鞠躬盡瘁，應該是死得瞑目的。

《星島日報・星辰版》一九七七年十月二十一與二十二日合刊

胡春冰劇本《紅樓夢》手稿

胡春冰個人照

胡春冰導演《雷雨》

詩人楊騷在香港的時候

（一）

　　楊騷是三十年代略有名氣的作家。他的詩歌、散文、劇本、翻譯，雖然比不上當時一班著名大作家的作品。但楊騷有他自己的氣質，至少可以代表當時一個作家獨特的風格。他一生勤於寫作，有不少作品遺留下來。詩集（包括詩劇）有：《迷離》、《他的天使》、《心曲》、《受難者的短曲》、《記憶之都》、《鄉曲》、《春的感傷》等。散文集有：《急就篇》、《荔枝蜜》等。劇本集有：《在甲板上》、《多夜街景》等。書信集有：《昨夜》（與白薇合著）。編著的有：《世界革命婦女列傳》、《現代電影論》等。翻譯小說有：《沒錢的猶太人》、《痴人之愛》、《鐵流》、《十月》、《赤戀》等。翻譯劇本有：《洗衣作老板與詩人》、《黑女》（與錢歌川合譯）等。翻譯的散文有：《心》。此外，發表於《奔流》、《文學》、《光明》、《新中華》、《人間世》等刊物的作品也不少，可惜都沒有結集出版。

　　在中國新文學果園中，楊騷只是一個平凡的園丁。他所培植出來的果實，雖然不一定適合大家的口味，但他總算為大家出過力流過汗。所以這個平凡的園丁，還是值得大家懷念的。

（二）

　　大約一九四〇年十月底。詩人楊騷從重慶到香港來，準備轉程前往星加坡：曾在香港逗留一個多月，就是寄居於筆者家中。當時筆者住在跑馬地黃泥涌道三十號三樓。這種舊式樓宇共有一

廳兩房，筆者自己住了一個房間，另外一間作為客房，用來招待過境的親友。第一位客人是老朋友蔡代石（筆者一向叫他老蔡），第二位客人就是詩人楊騷了。

據老蔡說，他與楊騷是在日本認識的。因為同鄉關係，在國外感到特別親切，很快就成為好朋友了。後來大家先後回國，一直保持聯絡。這一次楊騷準備到香港來，預先寫信告訴老蔡。認為香港是陌生而且言語不通的地方，恐怕住旅館不方便，希望能與老蔡住在一起。老蔡為了這件事與筆者商量，筆者知道楊騷是老蔡的好朋友，自然表示十分歡迎。

在老蔡收到楊騷電報的第二天，筆者在商行接到老蔡的電話，知道他已到機場把楊騷接回家裏休息。晚上他要請楊騷吃飯，通知筆者下班後，直接到灣仔大三元酒家。

當晚筆者到達酒家時，老蔡立即介紹楊騷與筆者認識。這是筆者第一次與楊騷見面，他的身材比普通人略高（大約有五呎十吋），瘦而長的臉孔，配上一副黑框的近視眼鏡。頭髮中間分界梳向兩邊。最令人注目的，就是他的鬍鬚刮得特別乾淨，兩頰和下巴都顯出了青色的光澤。

這一晚，楊騷很少說話，也不大吃東西，筆者還以為他是性情孤僻。後來老蔡告訴筆者，楊騷一向最怕應酬，口齒也不伶俐；因此他自己不大說話，只喜歡傾聽別人談話，從前他在日本讀書時就是這樣了。又因為他的胃病時好時發，所以不敢吃得過飽。從這些瑣屑小事，使筆者進一步了解楊騷。

楊騷在逗留香港期間，白天忙於重慶朋友所託辦的事，例如代訪親友，代寄書刊等等。到了晚上，我們三個人（楊騷、老蔡、筆者）經常一致行動。有時看一場電影，有時到小酒家消夜。除此之外，多數在附近餐室喝茶聊天。大家毫無拘束暢所欲言，連

一向沉默的楊騷也逐漸有說有笑。大概他覺得這不是應酬，也沒有陌生人在場，從閒談中，筆者知道不少關於楊騷的身世和往事，這都是研究三十年代作家的資料。現在筆者將記憶所及分述於後。

（三）

關於楊騷的家庭，據他說也和其他的家庭一樣，有一本難唸的經：

「我的父親與叔父，在漳州南市街合作經營一家棉被店，兼售床上用品，招牌叫做『明春』。生意本來不錯，一家生活也很安定。後來因為叔父喜歡結交官場朋友，希望謀得一官半職過過官癮。結果官沒有做成，卻花了不少冤枉錢；以致店中資金周轉不靈。賣出去的貨品，多數沒有辦法添補，生意也因此日走下坡。我十九歲那年到日本讀書，一切費用都是我母親歷年節儉下來的私房錢。」

（四）

楊騷原名楊維銓，楊騷只是他的筆名。有一次筆者問他這個筆名有沒有特別的意義？他的解釋是這樣的：

「相信大家都知道，文人唯一的武器就是筆。用筆寫出來的文章，有時它的威力比槍砲還要厲害。不過，我認為自己寫出來的文章沒有什麼力量，只像跳蚤叮人一口，頂多也不過像馬兒踢人一腳而已。把『蚤』字和『馬』字拼在一起，不就是一個『騷』字嗎？此外，我還有一個新的筆名，叫做『楊文兵』，只在《救亡日報》發表幾首抗戰詩歌用過，外間是不大有人知道的。」

（五）

　　楊騷雖然寫過散文，也寫過劇本；但他的創作活動，主要還是寫詩。筆者就以詩為話題，問楊騷對於寫詩的意見，以及他比較喜歡自己所寫的哪一類詩？楊騷略加思索然後說：

　　「大約是一九三六年底，我在《光明半月刊》發表一篇論詩的文章，大意說：我們有權利要求詩人們刻苦鍛煉，成為最優秀的語言技師。想出最經濟，最恰當的表現手法：明白地，具體地，把應該讓大家知道的觀念，把集體的情緒和要求，盡量歌唱出來。這就是我對詩歌創作的要求和意見。」

（六）

　　筆者知道楊騷曾與女作家白薇（原名黃素如，楊騷一向都稱她素姐）同居了幾年，後來終於分手。這件事當時上海許多報刊都報導過，多數是同情白薇而責備楊騷的。筆者早就想問楊騷，總覺得不好意思開口。有一次，筆者借題問楊騷：聽說白薇的年紀比你大幾歲，這與你們分手有沒有關係？不料他卻很爽快將他與白薇的事說出來：

　　「素姐是一八九五年誕生的，年紀大我五歲，但這並不是我們分手的原因……我和素姐是在日本認識的。因為大家都愛好文學，彼此志趣相近，於是不知不覺就戀愛起來。後來我們回國，就在上海開始共同生活。當時我們找不到適合的事做，只好努力寫作，但發表的機會並不多，因此我們的生活相當艱苦。

　　後來素姐總算找到了工作，先後在武漢國際編輯局做過事，在武昌中山大學擔任過講師，在上海中國公學文學院當過教授。而我卻沒有正正經經做過事，還是繼續我的寫作生涯。好在那時

素姐和我的文章，開始得到書刊編輯所賞識，發表的機會也較前多了。

素姐個性很倔強，什麼事都叫我依照她的主意去做。時常說我不求上進，沒有出息，這也難怪。因為她在文壇上的名氣比我響亮，又當過大學教授，各方面的才華都比我傑出。因此造成她自高自大，造成她看不起我，也造成我們分手的原因。

後來素姐脾氣愈來愈壞，遇到不如意的事，她就拿我出氣。我不想跟她爭吵，只好容忍下來。唯一的辦法就是不出聲，不理睬，她見我沒有反應，也就無可奈何了。大家堅持了一段時期，認為實在無法共同生活下去，終於在一九三一年分手。

素姐一向身體衰弱，後來卵巢管又有毛病。醫生認為要施手術割除，才能夠斷絕後患。外間誤會素姐得了性病，說是我傳染給她，這實在冤枉。

我們分手後三年。有一家熟悉的書店，有意編印一本我和素姐來往書信集，為了紀念我們過去的一段情，我和素姐同意將書信公開發表。這就是一九三四年南強書局出版的《昨夜》。」

筆者認為不論夫妻離婚或情人分手，多數公說公有理，婆說婆有理，相信楊騷與白薇也難免有這種情形。事實上誰是誰非，決不是局外人所能了解及判斷的；因此楊騷所說的話，筆者只能當作是片面之詞而已。

（七）

楊騷在閒談中曾提及他以前時常去探訪魯迅，因此筆者就問他對魯迅的印象如何？楊騷說：「我對魯迅印象最深刻的，大概有兩件事：

（一）魯迅除了喜歡買書和抽煙之外，個人開支可以說是相當節儉，但對幫忙朋友卻很慷慨。記得我和素姐有病或經濟困難時，曾向魯迅借過錢，大約兩次五十元，一次一百元，他都很爽快拿出來，還問我夠不夠應付。他這種幫助朋友，關心朋友的熱情，實在令我十分感動。

（二）魯迅寫罵人的文章雖然十分潑辣，但當面對朋友發脾氣卻很少見。只有一次，我親眼看見魯迅與林語堂發生衝突。兩人本來是好朋友，不料因小小誤會而爭吵起來，幾乎鬧得無法收場。事情是這樣的：一九二九年八月底。北新書局老闆李小峯，在北四川路一間酒樓，請魯迅和許廣平吃晚飯。被邀作陪的有林語堂夫婦、章衣萍、吳曙夫、郁達夫、川島這幾位。那天我恰巧去探望魯迅，因此也作了陪客。席間李小峯提起這一次版稅事，得到迅師諒解，實在非常感激。不過，始終認為有人從中挑撥，這個人是誰，不必說出名字，相信大家早已明白。魯迅聽了這番話雖不出聲，但面色已陰沉下來。大概林語堂沒有留意，反而附和李小峯。說友松與小峯不但是同業，而且都是周先生的學生，實在不應該挑撥離間。這時魯迅忽然站起身來，滿面怒容並大聲說：這件事我一定要向大家聲明。我向北新追討版稅，是我自己的主意，完全與友松無關。林先生既指明是友松挑撥是非，就請他拿出證據來。林語堂料不到魯迅有此一著，愈想解釋愈變成爭吵。於是兩人各執一詞，都不肯讓步。後來郁達夫恐怕事情愈鬧愈糟，一面勸魯迅坐下，一面拖著林語堂往外跑，林太太自然也跟著走，當晚的宴會也就不歡而散。

平心而論，這一場誤會，林語堂雖然說錯了話，但並非有意。而魯迅疑心太重，以為林語堂諷刺他被張友松利用，所以要控告北新書局。據我所知，當時張友松創辦一間春潮書店，時常

去拜訪魯迅，魯迅曾託他代請律師，這卻是事實。但張友松究竟有沒有向魯迅說過李小峯的壞話，那就不得而知了。」

（八）

　　楊騷大約是十二月中旬離開香港的。他到了星加坡以後，經常與筆者通信，也陸續寄了不少星加坡出版的書報給筆者。記得當時楊騷曾在當地報紙副刊，發表過關於「反侵略文學」專題，以及文學評論之類的文章。

　　一九四一年十二月八日，太平洋戰爭爆發，香港隨即被日軍佔領，筆者與楊騷就此失去了聯絡。到了一九四五年戰事結束後，筆者從家鄉漳州重返香港，但始終沒有聽到楊騷的消息，因此一直都為他的安危而擔心。

　　一九五五年三月初，筆者從報上看到一則廣州通訊，才知道楊騷早於一九五二年回國。現正參加在廣州舉行的「作家協會廣州分會」第一次大會，並被選為第一屆常務理事（同時當選為常務理事的，還有歐陽山、秦牧、司馬文森、陳殘雲、黃谷柳、周鋼鳴、林林、杜埃、韓北屏、華嘉等）。

　　筆者一向最怕與大陸有名氣，有地位的朋友通信。因為恐怕自己說話不小心，會連累朋友惹上麻煩，而且自己也不想染上一層政治的色彩。當時筆者既已知道楊騷平安無事，也就放心了。至於通信不通信，倒無關重要了。

　　不料於一九五六年六月間，筆者忽然在報上看到一項不幸的消息：就是楊騷因腦血管栓塞症不治，在廣州逝世。想不到闊別十多年的朋友，以後再也沒有機會見面了。

　　老作家王任叔（筆名巴人）是楊騷的老朋友。他在楊騷逝世

後，寫了一篇：〈記楊騷〉，以紀念這位曾在南洋共患難的亡友。
文章開頭第一句說：

「楊騷過完了他平凡人的一生了，然而平凡人卻有他的正直和偉大。」

王任叔可以說是最了解楊騷的人，的確是楊騷一生中最知己的朋友。

《星島日報・星辰版》一九七七年十一月二十二、二十三日合刊

楊騷《記憶之都》扉頁

介紹一本絕版好書
——《無梯樓雜筆》

　　提起文化界前輩卜少夫先生，相信大家都很熟悉；不過，他有一本舊著：《無梯樓雜筆》，讀過的人恐怕就不多了。這本書是一九四七年在上海出版的，三十年來似乎沒有重印過，可以說是一本絕版已久的書了。筆者認為《無梯樓雜筆》是一本好書，如不再版任其湮沒，實在太可惜了。

　　筆者十幾年前在舊書店買到一本，當時給幾位朋友借來借去，後來竟不見了。最近清理積存書籍，才發現這本書夾雜在一堆舊書裏面，真令筆者驚喜若狂。這本書雖然是三十年前出版的，但所記的社會狀況、人民生活、作家活動、出版界情形等等，在今日看來，卻是十分珍貴的史料，因此，筆者認為這本書是值得向讀者介紹的。

　　《無梯樓雜筆》除作者自序外，共收雜文三十五篇。內容包括：通訊、人物志、地方志書評、電影戲劇批評、隨筆等等，稱之為「雜筆」倒是名副其實，至於「無梯樓」究竟是什麼意思？作者在自序裏有如下解釋：

　　　　無梯樓的名稱是有一段來歷的。原來我的重慶居所，是一座依山沿馬路建築的舖面房子。房東為了經濟地位，二樓進出不走舖面，利用後面的山坡上下，所以是樓而無梯。這種建築所表示的意義很多，將啟發我們一連串的聯想罷。

　　現在筆者從本書挑選三篇，並摘錄其中片段給大家欣賞。因為篇幅所限，無法多選幾篇，實在可惜，至於未有選出的，並不是那些文章不好，這是筆者應該向本書作者聲明的。

(一)〈出版界氣象〉(改字體)

　　重慶的文化界由於作家們集中，自然是非常活躍的。有一時期《處世教育》之類的書籍銷路很好，以後則是劇本，小說佔第一位，現在學術研究的風氣又旺盛起來。不過具有新聞性的書籍，尤其是翻譯文字始終站在優勢的地位。比如當前美國小說界紅極一時的斯坦貝克的《月落》，現在就有三種譯本——趙家璧的，劉尊棋的，馬耳的。

　　所謂具有新聞性的書籍，比如美國前駐日大使格魯的《東京歸來》。義國前駐德大使戴維斯的《出使莫斯科記》，以及蘇聯名作家愛倫堡的《六月在頓河》、《英雄的斯森城》等等，都屬於這一範圍。

　　我在上面所舉出的幾種書當中，除去愛倫堡那兩本報告文學外，其他的英美書籍沒有一本不是兩三種譯本的。《東京歸來》有時代生活社和中外出版社的兩種譯本。《出使莫斯科記》有時與潮社和五十年代社的兩種譯本。生意眼所在，翻譯界搶的風氣並未絕跡。誰先得到原文，誰便著先鞭。不過，落後的人還有方法補救的。如果有二十萬字，不是分給幾個人合譯，就是一個人摘擇，這樣就可爭取時間了。

(二)〈穆時英之死〉(改字體)

　　二十七年春季，我們這一批朋友先後從上海撤退到香港。我們所安頓的地方是西環太白樓，聚居在那裏的，先後有張光宇、張正宇、戴望舒、但杜宇、杜衡、顧鳳城、汪馥泉、葉靈鳳、楊紀、鷗外鷗、袁水拍、徐遲、王道源、丁聰、朱旭華、陳娟娟、馮亦代、魯少飛等。穆時英那時也從九龍城搬來了。而每一個經過香港的文化人，幾乎都到過太白樓，起初這個集團（大概有八個人）採取大家庭制度。每人每月繳納港幣十五元，包括食宿洗衣，以後各人的太太陸續接來就分門別戶了。我認識穆時英是從這時候開始的。

　　這時香港的文化界活躍起來了。以我們這批人為中心，最具體的組織，是每週一次的文藝座談會。報紙、雜誌、畫報，以及各種小冊子；從這裏散佈到整個華南區、海外區、淪陷區，和遙遠的國內每個角落。穆時英的生活也寬裕而安定起來。

　　他先是編《世界展望》，以後入《中國晚報》編副刊，最後入《星島日報》編娛樂版。

　　在太白樓的集體生活中，還有兩個人應該提到的。那就是前《中華日報》主筆胡蘭成，和對經濟學極有研究的林一新。胡林當時俱在國際編譯所工作，他們兩個人是二十七年冬季搬來太白樓的。穆時英附逆，和胡蘭成關係最大。

　　在這期間，穆時英讀了很多關於政治的書。他把英文更溫習好，且又自修日文。所有朋友都說穆時英近來用功了。

　　忽然有兩天不見穆時英了。據他最接近的友人說，他是到上海去了，是為了做影片的生意。再一星期，他留港的母親，妻子和弟弟，不聲不響悄悄地舉家去滬了。

　　又過些時，穆時英寫信給香港新聞界的朋友，請他們到

上海去辦報。說現在只缺少人手，錢不成問題。極盡利誘之
能事，朋友們都一笑置之。

　　這證明他已出賣了他的民族國家，和大多數同胞，成為
漢奸汪精衛的小爪牙了，四馬路的一顆子彈，自然也是必然
的結果。

（三）〈瘤萬金〉（改字體）

　　這個年頭，死得病不得。月初，太太每吃完飯，肚子便
發脹不舒服，而且臉色愈來愈黃瘦，於是便陪她去醫院檢查
一下，看看到底什麼東西在作祟，有什麼病。

　　檢查了兩次用掉了一千元，才知道太太肚子裏有瘤要開
刀。太太問我能不能現在就住院？我說：今天怎麼好住院呢？
第一要錢，第二要請病假，第三也得帶點隨身應用東西來。

　　又隔一天，帶著借來和預支的錢，決心送太太住醫院。
繳了一個月住院費一千五百六十元，我硬著心腸，把太太交
給那淒涼寂寞的病床。

　　第六天第七天我去了，託幾個朋友介紹才見到那位主治
醫生。她說瘤生在子宮方面，不要緊沒有危險。因為病人身
體弱，還要詳細檢查，大概兩星期後施手術，全部醫療約需
六至八星期。聽了這話總算明白了一些，心頭才放下一塊石
頭來。

　　在回家的路上，我腦子裏放著這麼一張賬單：檢查、住
院、手術、藥費等等，約需一萬零七百二十元。

　　公務員疾病，其醫藥費由公家擔任三分之一。即使實現
了，那麼還有六千多元，從什麼地方想辦法呢？寫文章賣錢

嗎？倘使以千字六十元計，要寫十萬字。以百元千字計，也要六萬字。一時哪裏寫得出，寫出一時又哪裏有發表地方。天呀！這一萬塊錢的一顆瘤呀！

　　現在還沒有施手術，我只有把心一橫，什麼都不管，只祝禱我太太平安。反正將來割去了瘤，不致因為我付不清錢，醫生再把那顆瘤裝進去我太太的肚子裏去的。

　　　　《星島日報·星辰版》一九七七年十二月十一日

《無梯樓雜筆》初版封面書影

專寫短篇小說的孫席珍

　　二十年代末至三十年代初，文壇上出現了一位專寫短篇小說的作家孫席珍。他先後出版了：《戰場上》、《戰爭中》、《戰後》、《金鞭》、《到大連去》、《花環》、《女人的心》、《鳳仙姑娘》、《夜皎皎》等九部，曾被選入《現代中國短篇小說集》，並且譯成英文在英國出版。

　　〈阿娥〉這篇小說是敘述一個鄉村少女阿娥，與母親相依為命。不幸被村中富家子綽號美少年的阿鑫，用甜言蜜語誘騙以致失身。有一次她與阿鑫在樹林中幽會，偶然被一個樵夫撞見，於是秘密揭穿了。村中父老認為未嫁姑娘私通男人，敗壞風俗，迫令阿娥離開家鄉。這時阿鑫不但沒有履行娶她為妻的諾言，甚至避不與她見面，阿娥只好悄然離去。後來阿娥到了城裏，經人介紹在有錢人家做女僕。不幸被少爺看上，在威迫利誘之下，阿娥終於屈伏。但少爺玩厭了，就借故把她趕走。這時阿娥感到前途茫茫，想起離家時母親哭著叮嚀她一定要爭氣；但她偏偏不爭氣，一次又一次被男人玩弄。她埋怨自己，更痛恨男人，決心向男人報復。

　　孫氏的著作，除了小說之外，還有：《近代文藝思潮》、《雪萊的生活》、《莫泊桑的生活》、《高爾基評傳》、《現代書信作法》等。至於翻譯的有：《英國文學研究》、《辛克萊評傳》、《東印度故事》等。其他未結集的文章，有發表於《文藝創作講座》的〈戰爭小說論〉、〈敘事詩〉。發表於《青年界》的〈談傑克倫敦〉、〈怎樣研究文學〉。發表於天津《益世報》的〈史詩就是敘事詩〉等。孫氏寫作範圍雖廣，但以小說方面成就較大。

女作家謝冰瑩對孫席珍的小說評價頗高：

孫氏的短篇小說頗有莫泊桑的作風。對社會對人生，有時諷刺，有時嘲笑，有時又痛哭流涕。因為他自己是個最重感情的人，所以在小說裏面，描寫感性與理智衝突的地方，特別生動而深刻。（摘錄：《作家印象記》）

文學家趙景深認為孫氏的小說內容與技巧是多方面的：

孫氏不但善於寫社會眾生相，也善於寫戀愛。他可以在〈到大連去〉篇中，寫一個三十幾歲歇斯底里的婦人，愛上一個有了妻室的男子。又可以在〈局外人〉篇中，描寫一個失戀男子心理的過程。又可以在〈銀姑日記〉篇中，描寫以紹興為背景的鄉間少女的心理。這三篇描寫的機杼，沒有一篇相同的。（摘錄：《現代文學雜論》）

孫氏從小就愛好文學，早年他在北平《晨報》副刊當校對時，便開始寫作了。後來教書時也常常鼓勵學生寫作。他曾經對學生們說過：

一個富於熱情的人，最好把生命寄託在文學上，因為它會給你許多想像不到的安慰和鼓勵的。

但孫氏後來卻認為文學不可以安身立命。他在《我與文學》特輯中發表一篇文章，說出自己對文學的見解：

　　我與文學的緣分很淺，但也可以說很深。從很小以來，我便對它懷抱著興趣。但常常因了別的理由，不能不與它疏遠，甚至於把它拋棄。

　　起初為了革命，我曾經拋棄它。後來為了流浪，也曾拋棄過它。現在為了生活，又不能不拋棄它。因為「此道不可以安身立命」，這句話裏面所含的意義，我是體會過來的。雖然在精神上我依然對它保持著十分的親切，二十年來有如一日。

　　孫氏雖然愛好文學，但他知道單靠寫作是難以生活的，因此他選擇了教書為職業。他先後在河南省立第四師範、北平女子師範大學、中國大學、國民大學，擔任過講師和教授。

　　孫氏是浙江紹興人。原名孫彭，字席珍，別號季叔，筆名則有鄒宏道與織雲女士。有關孫氏生平的記載，歷來極為少見。據筆者所知，謝冰瑩在《作家印象記》中記孫席珍一文，堪稱一珍貴資料。大概是一九三一年間。孫氏在北平女師大擔任講師，教的是西洋文學史。當時謝冰瑩是他的學生，大家接觸的機會較多；因此謝冰瑩所記孫氏的事，一定真實可信。我摘錄其中片段於下：

　　孫氏瘦瘦的臉，白皙的皮膚。戴著一副近視眼鏡，喜歡穿很整潔的西裝說著一口絲毫不帶紹興腔的北平話。

　　他的講義編得最清整，最詳細，講起來有時非常幽默。他從來不缺席，也不遲到或早退。對學生沒有絲毫架子，常常約我們到他家裏去玩。喜歡和我們聊天，談莫泊桑、雪萊的生活。款待學生像款待他的老朋友。

　　我懷念席珍師，更永遺忘不了當我匆忙離開北平時；他

和孫師母趕到車站送別時，那種依依不捨的情景，和當了棉衣戒指為我籌措旅費的熱情。

謝冰瑩文中所提及的孫師母，就是孫席珍的太太李潔華，她可以說是孫氏的得力助手。一九三〇年間。孫氏在河南省立第四師範教書，全校六班的國文課都由他一人負責。每週要上三十餘小時功課，還要編講義，才能應付過去。孫太太李潔華也寫得一手好文章，現摘錄她所作〈廬山遊記〉其中一段給大家欣賞：

　　據一般人說：山之所以名貴，只須具備下列四個條件之一，就足以著稱。要有石才有「骨」，要有水才有「趣」，要有樹才能烘出山的「態」，要又峭又高又秀，才能顯出山的「精神」，現在廬山是這四個條件全備了。我們到廬山不久，不能道盡廬山的真妙處，只隨便就到過的地方來舉個例。比如高秀的「漢陽峯」、肥澤的「三聲泉」、奇峻的「佛手岩」、古色古香的「婆娑樹」，那是怎樣可愛得使人言語道斷呀！

孫席珍自從在《我與文學》（一九三四年七月出版）發表那一篇〈此道不可以安身立命〉以後，一直沒有新的著作出版，也不見有文章在報刊發表。連孫氏的好朋友趙景深（兩人交情深厚，孫氏的著作多數由趙介紹給書店出版）也久已不知孫氏的消息。趙景深在《文壇憶書》（一九四八年四月出版）有一則記現代作家的賀年片，曾提及孫氏：

　　孫席珍的一張，邊上注著「願年年催開你生命之花」。但這十年來就不曾得到他的一點消息；不知這位《戰場上》、

《戰爭中》、《戰後》三部曲的作者尚在人間否？他自己是否繼續地開著生命之花？

孫席珍究竟是失了蹤？還是已經離開人世？至今不見有人提及。根據謝冰瑩所說，孫席珍是一九〇六年誕生的；如果他尚健在，今年應該是七十二歲了。

《星島日報‧星辰版》一九七八年三月十八日

孫席珍的《戰爭中》

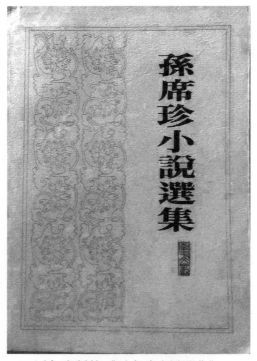

近年出版的《孫席珍小說選集》

楊昌溪的《文人趣事》

楊昌溪是三十年代作家之中，名字比較陌生的一個。因為他的名氣不大，作品又少，所以一向都沒有人提及他。不過，楊昌溪也出過幾本書，據筆者所知，在上海現代書局出版的有：《給愛的》（創作小說）、《無錢的猶太人》（翻譯小說）。在上海良友圖書印刷公司出版的有：《黑人文學》、《雷馬克評傳》、《章別麟的一生》、《文人趣事》等。這幾本書目前已不容易見到，筆者手頭剛好有一本《文人趣事》，現在就談這本書吧。

《文人趣事》是趙家璧主編的良友一角叢書第二十四種。於一九三二年二月出版（初版印數為四千冊），是六十四開的小型本，全書只有六十個 Pages，輯有中外文人趣事三十三則，可惜屬於中國作家的只有十則而已。不過所記的都是老一輩作家的趣聞軼事，相信是一般傳記沒有提及的，所以筆者認為頗有介紹的價值。現在選出六則並摘錄其中精彩部分，給大家欣賞：

(一) 章衣萍的風流詞

章衣萍自從《情書一束》出版後；因為該書香艷肉感，很受一般青年男女歡迎，有許多男女都因讀了這書後去拜訪他。

衣萍長年均是疾病纏綿，每月醫藥費常在三四十元以上。雖無惡劣嗜好，但對於好玩之事，也從來不放過。

衣萍夫人曙天女士，係以戀愛結合的。雖然曙天為人賢淑；而且兩人感情很好，但他卻時常作風流之想。

衣萍近來很愛作舊詩詞，有〈浣溪沙〉一詞云：

心事松江夕照邊，幾回相見總相憐。素手依親親不得。在人前。　隔歲重陽才識面，重陽已是又經年。葉落花殘聽不管。奈何天！

這詞末尾的「奈何天」三字本來是嗟嘆的，但最後的「天」字卻切合於他夫人的名字，變成巧妙的雙關語。

衣萍曾勸劉大杰還是灰色一點的好，所以劉大杰從安徽大學寄他一詞，內中所寫的「淒涼身世怕風流。」以及：「月圓月缺無須管，只愛盃中滿。」便是他的同調、不過風流不起罷了。

（二）張資平痛罵丁玲

近來罵張資平的人比較減少；但是凡罵過他的，或不同情於他作品的人，只要一講到「無聊的文藝」，沒有一個不舉張資平作例子的。最近他在給曹聚仁的一封關謠信中，曾痛罵丁玲女士：

今年一月五日，丁玲女士穿著極摩登化的裝束，在某大學大講其「文學大眾化」的高論。她在演說中，勸青年不可再讀消遣的文藝，並舉我的作品為例。丁玲女士，我知道她從前是大寫其戀愛作品的。不知她截至何時止把她消遣的作品結束了？

我也不知道丁玲女士讀過幾種我的作品？丁玲女士假如真有強固的革命意識，應當立即跑向廣大的貧苦農工群眾中去。也應當早點捐棄她的胭脂水粉、絲光襪子、高跟皮鞋及羊毛外套。

（三）郁達夫發明「過大癮」

　　據詩人吳芳吉言，彼在上海時曾與郁達夫同住。郁嘗窮到無香煙可吸，後在某處領到稿費一批，因買香煙數聽（每聽五十支）放在火爐燃燒。立時滿屋迷漫，郁達夫稱之為「過大癮」。

（四）魯迅諷刺徐志摩

　　孫伏園前編北京《晨報》副刊時，曾約魯迅寫稿，後來魯迅作了一首打油詩〈我的失戀〉送去。不料付排時被老板看見，認為此詩是諷刺徐志摩的（當時徐志摩追求林徽音，結果未能成功）決定抽出不登。孫伏園力爭無效，因此憤而辭職，《語絲》即由此產生。後來魯迅在北京大學對學生提及此事說：「像我這樣有鬍鬚的老頭子，連失戀都不許我失了。」

（五）沈從文二三事

　　讀過沈從文描寫軍營生活作品的人，都想像他是一個魁梧的偉男子。其實他卻是個瘦小的人；而且在神經衰弱之外，更患了鼻孔出血的終身病，一出血時，好像要死亡似的。

　　沈從文雖然常受經濟壓迫，但他有了錢時，卻樂於幫助窮困的學生和朋友。他在做文章的稿費上，也有等級之分，是看情形而定的。前年趙景深編輯由北新書局出版的《現代文學》向他徵稿，刊後每千字送他三元，他還覺得太少拒而不受。去年南京出版的《創作月刊》，因為編者汪曼鐸是中央大學的學生，而且很稱讚他的作品。他在每千字二元的稿費下，曾為該刊賣了不少氣力。

　　沈從文也愛替人拉稿。去年有一次他替南京出版的《文藝月刊》向北平南來的韋叢蕪拉搞，結果收了一些關於英國文學史一

類的稿子，每千字四元。後來沈從文又替《創作月刊》向韋拉稿，韋氏當時因急於弄路費回北平，稿費堅持非四元一千字不可。而《創作月刊》只能出二元，結果相差一半的數目，沈從文只好拿自己的稿費來填補。

沈從文寫作時，常有隨寫隨扯的習慣，有時且搓成一團，隨手丟在地上，弄得滿地都是字紙。

沈從文前數年在北平流浪時，曾在馬神廟北京大學第二院正對面的小飯館，欠下了一筆飯債。至今該飯館懸貼之欠賬人名單上，尚寫著：「沈從文先生欠飯洋十二元五角三分。」

（六）謝冰瑩與顧鳳城結婚

謝冰瑩與《讀書月刊》編輯顧鳳城結婚，章衣萍夫婦送一賀詞云：

> 夜夜深閨伴鳳城，燈前月下總難分。悄無人處喚親親，戰士高歌空憶曲。輝煌紅燭看新人，多才多藝女兒身。

並有題記云：

> 冰瑩有《從軍日記》之作，傳誦士林。一九三二年一月十日與顧鳳城結婚，女才郎貌，好合百年，爰作此詞以為二君賀。（注：顧有美男子之稱故曰郎貌）

結婚後七日，顧謝兩人在上海同興樓宴客。到場的有蓬子、鄭伯奇、穆木天、丁玲，樓建南等，均為文壇上人物。宴罷大家有的唱歌，有的講戀愛故事。穆木天且即席作一賀詩：

唯有冰瑩無限嬌，鳳城寒不怕春宵。
無端請來胡調客，有負香裘夜來潮

《星島日報・星辰版》一九七八年四月十五日

楊昌溪《給愛的》封面書影

楊昌溪譯《西線歸來》封面書影

麗尼的散文詩與譯品

(一)

中國新文學作家寫詩和寫散文的比較多，但寫散文詩的卻非常之少。是不是因為散文詩不容易寫呢？文學家趙景深在《文學講話》中說：「散文詩另有它自己的領域，它是散文和詩的結合體，外形是散文格式，內容卻是詩。」換言之，散文詩可以借用散文做軀殼，但裏面必須有詩的靈魂，至少也應該有詩的意境；這就不簡單了，難怪寫散文詩的作家寥寥只有幾人。從二十年代中期以至三十年代初期，以散文詩姿態出現於文壇的，算起來僅有：焦菊隱的《夜哭》（一九二六年）、魯迅的《野草》（一九二八年）、于賡虞的《魔鬼的舞蹈》（一九二八年）、焦菊隱的《他鄉》（一九二九年）、于賡虞的《孤靈》（一九三〇年）。這五本散文詩集，全部都是上海北新局出版的。不知是書局老闆的偏愛？還是偶然巧合？可以說是當時文壇佳話。可惜這三位散文作者，後來都沒有繼續寫下去，而且魯迅（一九三六年）及于賡虞（一九三七年）也相繼逝世。剩下來的焦菊隱，亦放棄寫詩致力於翻譯工作。因此，散文詩就沉寂下來。到了一九三四年一月，鄭振鐸主編的《文學季刊》在北平出版。創刊號發表了麗尼的一篇散文詩：〈漂流的心及其他〉，令人耳目一新，於是散文詩也就有了後繼之人了。

麗尼文筆清麗，看來純樸但有秀氣，是一位適合寫散文詩的人才。此後，他陸續在傅東華主編的《文學》、巴金主編的《水星》、孟十還主編的《作家》、靳以主編的《文叢》，發表了不少散文詩。筆者最喜歡他刊於《文叢》（一卷二期）的〈雲〉：

望著雲；於是，我沉默了。我有一個思想，人們哀悼著生活如同浮雲。但是，有的人卻是在生活中思念著天邊的雲塊的。

我記得（自從我有了記憶的時候起）母親曾經怎樣望著天邊的雲，而不自知地發著呆，母親是怎樣慈祥的婦人啊！沒有希求，沒有慾望；如果有，那就只有一個：

當父親蹙著眉，穿著破舊的坎肩在茅屋底灰暗的一角裏踱著步的時候，母親就老是焦急地說：「您，您別那麼來回踱著吧，您底腳步踏到人底心坎兒裏去了！」

──那聲音，從茅屋底另一灰暗的角落裏發了出來，每一回都使我年幼的心感覺戰慄。那聲音說出了母親所有的希求，和所有慾望。

生活是灰暗的。母親晃著自己底灰色的影子，在灰色的茅屋裏、在灰色的村道上、在灰色的田野中，她希望著，這生活應當有一些改變。

因此，母親就時常呆望著天邊的雲塊了。雲塊在天邊遊蕩著，天是廣闊的，是遼遠的。

在田野裏，母親愛時常停止下來。在棉叢裏；或者在大豆叢裏，抬起頭來，以定注的眼睛、凝望著天邊的雲塊。於是，父親也停止下來，卸去了外掛，露出坎肩來。而他的腳步，就不知不覺地又在田界上面踱著了。

田野是灰色的，雲是灰色，父親也是灰色的。

「唉……您歇歇罷！」父親終於這樣說了。

「……」而母親卻像這樣無言地回答。於是，再一次彎身下去，將白色的棉朵，或者黃色的豆莢，摘向自己腰邊的筐

裏。

母親底頭髮如今已經白了，當她望著天際的雲塊發呆的時候，再不會有人勸她歇歇。她是會更寂寞的。

「你望著什麼？」某一天，我問一個年青的婦人。

「我望著天邊的雲塊……」她似乎慚愧地回答。

「雲？」我再問她。

「是的。」她點點頭，「牠們會飛。」

於是，我沉默了。

筆者認為麗尼這篇〈雲〉寫得很不錯，可以說是正宗的散文詩。

（二）

麗尼的寫作活動，大概可以劃分為兩個階段。初期是創作，後期為翻譯。

創作方面：主要的作品是散文詩。雖然他也寫詩，但數量不多，也沒有出過詩集。只有《文學社》所編的詩合集：《她的生命》，選有他幾首詩而已。散文集也僅有一本《江之歌》（天馬書店出版，列入尹庚主編的天馬叢書）。至於散文詩集計有：《黃昏之獻》、《鷹之歌》、《白夜》。（以上均為文化生活社出版，並列入巴金主編的文學叢刊。）

翻譯方面：他選譯的大部分是俄國著名作家如高爾基、屠格涅甫、契訶夫等人的作品。屬於小說的計有：《貴族之家》、《天藍的生活》、《田園交響樂》（只有這一本例外，是法國紀德作品）、

《前夜》（以上均為文化生活社出版、列入黃源主編的譯文叢書）、《陰影》（新時代書局出版），列入曾今可主編的新時代叢書）。屬於劇本的計有：《海鷗》、《伊凡諾夫》、《萬尼亞舅舅》（以上均為文化生活社出版）、《蘇瓦洛夫元帥》（上海雜誌公司出版）。屬於文史的計有：《俄國文學史》、《社會學之歷史與趨勢》（以上均為重慶書局出版）。此外散見於雜誌的譯文計有：〈勞倫斯的書簡〉（刊於《文學》五卷一期）、〈般涅特論〉（刊於《大陸雜誌》二卷六、七期）、〈杜思托也夫斯基與現代藝術〉（刊於《新時代月刊》二卷二、三期）。

　　麗尼以多年寫作經驗而從事翻譯工作，其譯筆之流利自不待言。他力求忠於原著，盡量減少譯文之錯誤。除請人校閱外，遇有疑難的地方，就向專家請教。現摘錄《貴族之家》的「譯者小引」，以證明他對翻譯工作之認真：

　　　　譯文所根據的是英譯，一共有四種不同的本子。這一次的譯文從動手到完成，差不多足足一年。全稿譯成之後，得友人陸蠡先生對照法譯，陸少懿先生對照日譯，柳野青先生對照英譯，逐字校讀。荒煤先生校讀最後的排印稿樣；或提出各種譯文間的參差，或對我自己底譯文給予修辭上的指正。書中間雜的法語，在翻譯之際，多就正於吳金堤先生。音樂術語，則多由賀綠汀、呂驥、張汀石三位先生給以鑑定。

（三）

　　三十年代，麗尼已經頗有名氣，但他的身世卻少有人知。

一九三一年上海千秋出版社輯印了一本《作家瑣事》，中有一篇：
〈麗尼不忘舊愛〉、可以說是最有價值的資料。不但透露了麗尼採
用這個筆名的原因，甚至令麗尼一生難忘的初戀，也有詳細的報
導。現將原文摘錄於下：

> 麗尼原名郭安仁。他的家庭狀況，是人們無從得知的。
> 不論是朋友或知交，他也從不肯把身世讓人知道。但大家都
> 知道他是湖北省孝感縣人。十三歲的時候，就離開了家庭，
> 流浪到武漢。
>
> 一個年輕的孩子，流浪在大都市裏，是多麼危險的事。
> 但他聰明而又討人歡喜，被一個傳教的牧師看中了，幫助他
> 求學，於是他就進了一間教會中學作苦學生。而牧師在閒暇
> 的時候，還特別親自教他英文。
>
> 牧師有一位年輕的女兒，和麗尼的年紀差不多。兩人相
> 處得很好，一直到中學畢業，他倆始終廝守著。愛情的種子
> 是早已播下了。
>
> 「麗尼」——就是那個牧師的女兒的名字，也是他愛人
> 的名字。牧師雖然是美國人，但對於女兒和一個不同種族的
> 少年相愛，卻並不反對及制止；甚至有時會給兩人一些機會，
> 所以他倆很安然地沉醉在愛河裏。
>
> 後來牧師奉教會的命令，調到雲南省去佈道，自然也帶
> 他的女兒同去，於是他與她開始嚐到別離的滋味。
>
> 離別以後，他倆的情書是一個星期兩封，從不間斷。過
> 了一段時間，牧師的女兒忽然病倒了。因為雲南地處僻壤，
> 沒有好醫生更沒有好醫院，終於一病不起。他得到這不幸的
> 消息時，很悲痛地寫了一首詩哀悼她，用她的名字「麗尼」

作為自己的筆名，算是紀念那死去的愛人。

如今，麗尼這個筆名，已掩蓋了他郭安仁的本名了。

筆者對於這個哀艷的戀愛故事，起初還有一些懷疑。後來讀了麗尼那本散文詩集：《黃昏之獻》，才知道是真的，而不是別人虛構出來的。因為麗尼念念不忘那死去的愛人，的確是一位黃色頭髮藍色眼睛的異國少女。

例如在〈漂流呈獻曲〉篇中所寫的：

> 呈獻麼？我沒攜帶什麼來。並且，想起了你底墳墓是在南方，我就迷惘而不能作一語了呢！
>
> 雖然是漂泊之途。但是，知道在什麼時候，能越過行千里底迢迢，而給你作一次無言的拜訪呢？

在〈黃昏的海之歌〉篇中他寫道：

> 海又在歌唱呢。
>
> 浪在海底中間和海底邊岸揚聲而唱。潮水打著岩石，在岩上坐著一個少女，她底黃色的長髮鬆散著，垂到石上。黑色寬大的長袍使她底臉更現得蒼白。在海底歌唱之中，她沉默著，這沉默加增了意外的淒涼。她底眼睛直望著遠遠的海波，又似乎是在傾聽。

在〈月季花之獻〉篇中所寫的：

> 還記得我們一同誦唸著：「月季花，朵朵紅。」的時候

麼？你以異邦的聲音學習著我們的語言，惹得我發笑。在四
月底朝晨，月季花盛開了。我們愛徘徊在那光榮的花叢，而
互相獻上彼此底呈獻。我給你誦唸著：

"April, April,
Laugh thy girlish laughter……"

你曾有微的笑，而給了我以你手中的花朵。

另一段寫道：

在這三年來，你底靈魂不曾來入於我底夢境。有時，我
想著你底垂飄的黃髮，想著你底沉靜得如同湖水一般的藍色
底眼。但是，這奔波與負累已經從我底感覺之中驅走了你底
顯現，而只遺留了給我一個模糊的背影。

（四）

　　麗尼早於一九二八年就開始寫作了。不過，當時他的文章多
數發表於一些不大聞名的報紙副刊，所以沒有引起人注意。到了
一九三四年，一般著名的文學雜誌都有他的作品發表，他的名字
才逐漸被讀者所認識。

　　一九三三年。麗尼與陸蠡、吳朗西、諸侯等幾位朋友遠赴福
建泉州，在私立黎明中學教書，麗尼教的是英文。後來那間中學
因牽涉到政治問題，被政府下令停辦，麗尼一班人迫得離開福建。

　　一九三五年。巴金創辦文化生活出版社於上海，邀麗尼加
入，麗尼並擔任該社編輯。由於工作上關係，麗尼因而認識了魯
迅。

一九三六年十月，魯迅因病逝世。麗尼寫了一篇悼念的文章，刊於洪深主編的《光明》半月刊一卷十期：

　　在死魂靈漢譯付印時，我是擔任著印刷底初校。那原稿底潔整，全不苟且，可以證明著譯者在譯事上是有著怎樣的慎重。最後的清樣，是由魯迅先生自己看的。連漏了一個「了」字或者一個「的」字，也必然被看了出來。由此，又可以看出先生對於自己的勞績是怎樣精細，怎樣負責任。我又記起業餘劇人公演果戈理底《欽差大臣》。先生看過以後，教我帶給排演者的批評。指出了佈景、服裝方面的錯誤，及指出某個角色性格上正確的理解。像這樣敏銳的觀察，這樣熱忱的，負責的指導。怕只是先生才有，只有先生才能吧！

一九三七年，上海淪於日軍之手。麗尼逃往漢口，與一班朋友組織「哨崗社」，並出版《哨崗》半月刊，由麗尼主持編務。

抗戰後期，麗尼輾轉到了重慶。在政府軍事部門任職，直至抗戰勝利。

「解放」後，麗尼留在大陸。一九五〇年六月間，中南文聯在武漢市舉行文藝批評小組第一次會議，研究及批評摩爾重的創作小說《三個戰士》，麗尼也參加討論。出席者還有：黑丁、陳荒煤、王西彥、畢衡午、李季、崔嵬、田淼等，都是大家所熟悉的作家。

同年十一月，麗尼在《長江文藝》（三卷四期）發表一篇：〈向先進的蘇聯文學學習〉。

一九五一年六月，麗尼又在《長江文藝》（四卷五期）發表：〈高爾基教育著新的一代〉。這篇文章是他為紀念高爾基逝世十五週年而作的。

　　一九五二年六月十八日，《長江日報》刊登麗尼一篇文章，題為：「高爾基 —— 偉大的戰士和人」。

　　筆者最後一次看到麗尼的文章，是一篇：〈契訶夫 —— 偉大的現實主義作家〉。發表於一九五四年八月出版的《長江文藝》，從此以後就一直沒有再看到他的作品了。

　　不久之前，老作家巴金在上海接受法新社記者訪問時，曾透露馮雪峯已於一九七六年死於癌症，以及丁玲仍然在世定居於山西省的消息。可惜巴金沒有提及他的老朋友 —— 善於寫散文詩的作家麗尼。

　　一九五八年間，麗尼南下廣州，在暨南大學中文系當教授。系主任是蕭殷，副主任是何家槐。文化大革命時，麗尼雖然沒有受到批判，但他眼見同事中有的被批鬥，有的遭抄家，有的被迫下鄉勞改，因此精神上大受打擊。到了文革後期，麗尼終於抑鬱而死。（這一段取材自《觀察家》月刊：夢然先生的〈暨南園二三事〉）

　　　　　　《星島日報·星辰版》一九七八年六月二、三日

麗尼譯《海鷗》

麗尼譯《田園交響樂》

「現代派」作家徐霞村

　　一九三二年五月。上海現代書局出版一種文藝期刊，叫做《現代》，由施蟄存主編。創刊號有巴金、魏金枝、張天翼、戴望舒、穆時英、樓適夷、杜衡、施蟄存諸家作品。這一本既不偏左也不偏右的雜誌，出版後頗受讀者歡迎。當時因為一二八事變，商務印書館被砲火波及，影響鄭振鐸主編的《小說月報》停刊。而丁玲主編的《北斗》、周起應主編的《文學月報》均先後被禁，於是造成《現代》一枝獨秀。

　　《現代》（月刊）是由一班後來被稱為「現代派」的作家們創辦的。主要成員有施蟄存、杜衡、戴望舒、劉吶鷗、穆時英、葉靈鳳、路易士、徐霞村等。這一班作家之中，只有徐霞村的名字較為陌生。關於他的生平及作品，似乎也沒有人提及過，因為如此，筆者認為更有介紹的價值。

　　徐霞村是江蘇常州人。原名徐元度，比較常用的筆名有：元慶、元度、保爾等。

　　徐氏早於二十年代中期就開始寫作了。他的文章多數發表於：《無軌列車》、《新文藝》、《現代》、《文藝月刊》、《文學評論》、《文學季刊》等雜誌。其著譯已出版單行本者，以翻譯外國文學居多，創作則僅有以下兩本：

　　一本是小說集《古國的人們》（一九二九年，水沫書店出版），本書輯有短篇小說：〈五十塊錢〉、〈唱〉、〈煙燈旁的故事〉、〈英雄〉、〈L君的話〉、〈邢二嫂〉、〈愛人〉、〈悲多芬先生〉共八篇。書名為什麼採用「古國的人們」？作者在自序中有如下解釋：

　　我在這裏並沒有給我們這個老國度戴上一個樂觀的花冠，或把她陷入一個絕望的死獄。不過，我是從這個老國度裏生出來的，現在拿她的一小部分做做我練習繪畫的材料罷了。

　　因為各篇所描寫的，多半是老中國的社會裏產生出來的人物；所以便給牠起了一個總名，叫古國的人們。

趙景深有一篇文章介紹這本小說：

　　我以為這八篇小說都是自然主義的小說。狹義一點說，大都是莫泊桑式的小說。他是用純粹客觀的方法，觀照的態度來寫的。

　　集中有一半是寫性慾的。霞村卻只是當作練習畫稿似的去寫，並沒有燃燒著青春的熱情之火，並沒有色情狂的渴慕。

　　有幾篇在結構上頗似莫泊桑。兩個人談話把一件事慢慢談起，後來又加上幾句感慨，這是莫泊桑常用的結構。（見《現代文學雜論》）

　　另一本是散文集《巴黎遊記》（一九三一年，光華書局出版），本書分上下兩卷。上卷記述在船上所見的人物與趣事，以及途經各地的風光。下卷記述到了巴黎以後的生活情形，以及所接觸的新朋友和新事物。

　　一九二七年夏。徐霞村準備到法國深造，當時鄭振鐸得到商務印書館資助，也打算到歐洲考察，於是結伴乘搭郵船「阿多斯」號從上海啟程。船到香港時，因鄭振鐸要到商務印書館找朋友，

乃由徐霞村陪同上岸。不料那天商務印書館休假，因此兩人漫無
目的從大道中走到花園道。偶然看見纜車，於是到山頂遊覽。現
摘錄書中一段給讀者欣賞，看看五十年前香港太平山上的景色，
與現在有什麼不同之處：

　　　　我們趕得很巧，剛一上車就開了。被一根鐵繩拉著，牠
很快地爬，那陡而窄的軌道，好像一架升降機。我們感到耳
朵因空氣稀薄而不覺有些聾了。

　　　　向下看，我們上岸的海灣，已如一個輪廓不清的小池，
籠罩在一層水氣之下了。我們的「阿多斯」和別的船隻稀疏
地浮在牠的上面，如同一些小孩的玩具。四周是葱色一片，
葱色的山尖，葱色的山谷，從葱色之中時時蕩出泉水的流
聲。

　　　　電車穿過了山腰的白雲，在山頂慢慢停下。我們站在山
道上，可以看見後港的風景。

　　　　後港的景色完全與前港不同，一切都是清淡的，沒有一
點艷麗的色彩。天是淺灰，海是淡青，中間夾著幾片薄雲，
如同渺漠的小島。太陽發著微光，把這模糊的海天照成一幅
圖畫。我不相信誰能立在這裏而不覺得自己飄飄欲仙？啊，
這英國人的樂園！

　　除了上述兩本創作之外，徐氏所編著的有：《法國文學史》（北
新出版）、《法國文學的故事》（商務出版）、《大戰後的南歐文學
大略怎樣》（輯入鄭振鐸、傅東華合編的《文學百題》）

　　翻譯小說計有：《異味集》（新教社出版）、《絕望女》、《西萬
提斯的未婚妻》（後者與戴望舒合譯，均為神州國光社出版）、《現

代法國小說選》（中華出版）、《近代意大利小說選》、《近代西班牙小說選》（均為北平立達出版）、《無神者的彌撒》（生活出版）、《菊子夫人》、《魯濱孫飄流記》（均為商務出版）。

翻譯劇本計有：《六個找尋作家的劇中大物》（水沫出版）、《皮藍德婁戲曲集》（商務出版）。

徐氏特別喜愛法國、意大利及西班牙文學，大概也下過一番鑽研工夫。我們從他編著與譯品中，不難看出一些端倪。

一九二九年底。徐霞村從巴黎回國，一直都在北平教書，並擔任一家日報的副刊編輯。當時他著函請施蟄存和杜衡替副刊寫稿，但結果沒有下文。他對此事十分憤慨，寫信給戴望舒大發牢騷：

　　為了使我所編的副刊熱鬧一點起見，曾向施、杜二翁寫信，請求他們給我寫點稿子。他們雖然答應，但稿子卻沒有影子。反不如周豈明，每月至少給我三四篇。所謂老朋友者，行為卻如此，豈不叫人灰心？我希望你不要學他們的官僚氣。

另外一封大罵杜衡的信，也是寫給戴望舒的：

　　杜衡那小子，我去年一共給他兩封信，但他卻連屁都不放一個。我想大概是因為他有了錢，怕我們借吧！因此，我今年特別寫了一封短信去罵他。文曰：杜衡教授老爺，連奉二札，迄未見覆，想是近來得意之至吧！窮小子徐霞村叩頭。

　　徐霞村雖然是「現代派」成員之一，但他所結交的朋友（除了戴望舒之外）如周作人、鄭振鐸、趙景深、靳以、孫大雨、卞之琳、朱湘等都不是「現代派」中人，而彼此間的友誼卻相當深厚。例如一九三〇年春，朱湘從英國回來，特地帶了一套「愛倫坡全集」送給徐霞村。

　　抗戰時期，徐霞村輾轉到了重慶。一面教書，一面寫作，生活相當清苦。他編著的《法國文學的故事》，就是在重慶完成，由商務印書館印行出版的。

　　勝利後，徐霞村返回北平，但大陸「解放」後，就沒有再聽到他的消息了。

《星島日報・星辰版》一九七八年七月二十三日

徐霞村《巴黎生活》初版封面書影

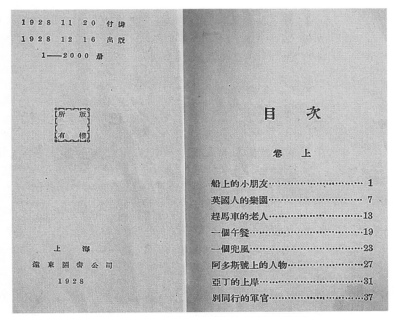

徐霞村《巴黎生活》版權頁與目錄頁

從《作家筆名錄》出錯談到
羅皚嵐與羅念生

《現代中國作家筆名錄》（袁湧進編，一九三六年，北平中華圖書館協會印行）是一部研究新文學的參考書。但由於作家筆名眾多，編輯工作浩繁，偶一疏忽，就會出錯。例如將羅念生列為羅皚嵐的筆名（見該書第九十一頁）便是十分嚴重的錯誤，因為羅皚嵐、羅念生根本是兩個人。試看下列幾段記，自可明白。

（一）前輩作家李輝英在〈羅皚嵐的作品〉一文中說：

> 羅皚嵐、羅念生，被稱為清華二羅。二羅之外，尚有一柳（柳無忌）。（見《三言兩語》）

（二）柳無忌教授在〈朱湘，詩人的詩人〉文中說：

> 羅皚嵐、羅念生，與我受到朱湘的啟發與影響最大。（見瘂弦編《朱湘文選》序）

（三）翻譯家羅念生在〈朱湘〉文中說：

> 朱湘書信集已收得有寄霓君、汪靜之、梁宗岱、戴望舒、趙景深、柳無忌、羅皚嵐，諸先生和羅先生的書信，共約七八萬字。（見《二十今人志》）

　　現在既已證實了二羅並非同一人，筆者就趁此機會來介紹一下羅皚嵐與羅念生。

（甲）關於羅皚嵐

　　羅皚嵐是湖南省湘潭人。原名羅正晫，筆名則有溜子，山風大郎等。

　　羅氏在北平清華大學畢業後，即赴美國深造。在留美期間，曾替趙景深主編的《青年界》，寫過不少有關美國文壇的通訊。

　　一九三四年間，羅氏學成回國，得到摯友柳無忌介紹，在天津南開大學任教。後來羅、柳兩人以及一些南大的講師和學生，組織「人生與文學社」。並於一九三五年四月，創刊《人生與文學》雜誌，由柳無忌、黃燕生主編。可惜只出了五期便停刊了。

　　羅皚嵐先後出版了四本小說。（一）：《苦果》（十萬字的長篇小說，曾在天津《大公報》副刊上連載，大概登了一年多。後來由「人生與文學社」出版單行本，並列為該社叢書之一）（二）：《招姐》（短篇小說集，光華版）（三）：《六月裏的杜鵑》（短篇小說集，現代版）（四）：《紅燈籠》（短篇小說集，商務版）羅氏這四本小說早已絕版了。

　　抗戰時期，因南開大學被敵人炸毀。羅皚嵐迫得離開天津，返回湖南故鄉，但以後就沒有再聽到他的消息了。

（乙）關於羅念生

　　羅念生原名羅懋德。除了念生之外，似乎沒有用過其他的筆名。

　　羅氏也是畢業於北平清華大學後，即赴美國留學，攻讀希臘

文學。於一九三四年間回國，後來在北平一間大學教書。但與在天津的柳無忌、羅暟嵐經常保持聯絡。

羅氏的文章散見於報章雜誌者，計有：〈近代希臘文學〉（《青年界》）、〈十四行體〉、〈無韻體〉、〈雙行體〉（《文藝雜誌》）、《希臘悲劇》（天津《大公報》副刊）等。

羅念生早期比較喜歡寫詩，出版過詩集：《龍涎》（時代書店版），可惜這本詩集早已絕版，所以羅氏的詩也就難得一見了。現在筆者從《現代創作新詩選》（中央書店版）抄錄他一首題為〈自從〉的十四行詩，給大家欣賞：

> 自從我喪失了童真的愛情，對人生
> 嚐到了絕望的辛酸；我便找尋快樂
> 來麻痺我的心靈。我曾經迷惑
> 在樂園裏，在亞克西的唇邊吸吮
> 她的香津。我最愛她那對豐潤的
> 乳泉，像欲熟的蛋白在她的胸窠
> 亂滾亂動。她更煽弄著妖魔的
> 風情，那火氣燒得我片體無存。
> 到如今我的身心已經感到了
> 一種疲勞，我的神經麻木得
> 像那堅冷的玻晶，不能透電。
> 因此我懺悔了。我要去皈依聖教，
> 看能否超脫我這半生的罪孽？
> 回復我固有性靈和純潔的先天！

　　一九三三年多，詩人朱湘投江自殺。「二羅一柳」為了紀念亡友，由羅念生負責編集朱氏書信，輯印了一本《朱湘書信集》（人生與文學社出版，並列為該社叢書之一）。

　　後來羅氏放棄寫詩，從事翻譯工作。其譯品計有《醇酒婦人詩歌》（昔蒙冶著，光華版）、《兒子的抗議》（哈代著，神州國光社版）、《傀儡師保爾》（斯篤謨著，中華版）等。此外則均為古希臘文學作品《窩狄浦斯王》（沙孚克累斯著）、《依斐格納亞》（歐里庇得斯著）、《波斯人》、《普羅密修士》（均為埃斯庫羅斯著）、《阿卡奈人》、《騎士》、《雲》（均為阿里斯托芬著）（以上七本均係商務版）、《悲劇二種》（人民出版社版）。

　　一九三七年，盧溝橋事變後不久。羅念生離開北平到天津。後來到了重慶，專心翻譯希臘文學名著，直到抗戰勝利後才返回北平。

　　一九四九年七月，中共在北京舉行全國文學藝術工作者代表大會。羅念生的名字也列在平津代表第二團團員的名單上。（團長是曹靖華，副團長是馮至）

　　一九五四年間，在大陸出版的報刊上，還可以看到羅念生的作品。例如發表於《解放軍文藝》的〈和平戰士阿里斯托芬〉、發表於《新建設月刊》的：〈阿里斯托芬的喜劇〉、以及發表於《北京日報》的〈古希臘偉大和平戰士阿里斯托芬〉等。但自一九五五年開始，就不見有羅念生的文章發表了。羅氏是否尚在人世？直到目前仍是一個疑問。

　　　　　　　　《星島日報·星辰版》一九七八年八月十六日

羅皚嵐的《六月里的杜鵑》

羅皚嵐的《招姐》

「文學研究會」兩位作家詩人
劉延陵與小說家羅黑芷

「文學研究會」是五四運動之後，第一個提倡新文學的團體。該會於一九二〇年十一月在北平成立，後來上海和廣州也設有分會。會員共有一百七十二人，大部分都是作家和翻譯家。

筆者所要介紹的，一位是詩人劉延陵，另一位是小說家羅黑芷。在「文學研究會」眾多會員中，這兩位作家的名氣並不響亮，但他們的作品都入選《中國新文學大系》（朱自清主選的《詩選》選有劉延陵的詩兩首。茅盾主選的《小說一集》選了羅黑芷的小說兩篇，郁達夫主選的《散文二集》也選了羅氏的散文兩篇）因此，他們也可以說是「文學研究會」具有代表性的作家。

(1) 詩人劉延陵

劉延陵於「文學研究會」成立後不久就加入了。一九二二年一月，劉延陵、朱自清、葉聖陶、俞平伯等四人，用「中國新詩社」的名義，創刊《詩》（月刊）由上海書局印行。該刊撰稿者除了四位主持人之外，還有劉復、王統照、鄭振鐸、徐玉諾、汪靜之、馮雪峯、廢名等。該刊銷數每期約一千多份，在當時已算不俗了。朱自清在《詩選雜記》中說：「幾個人裏最熱心的是延陵，他費的心思和工夫最多」；可見《詩》（月刊）能有多少成績，劉延陵的功勞最大。後來該刊由第四期起，改用「文學研究會」名義出版。可惜前後只出了七期便停刊了。

劉延陵筆名言林，是江蘇省南通縣人。畢業於上海復旦大

學。先後在杭州第一師範，浙江金華中學教過書。劉氏的太太就是當時金華中學的女生。劉氏雖然年青時出了天花，以致滿面麻子，但仍不失是一位頗有丰度的詩人。

　　劉延陵的詩活潑清新，技巧也比較純熟。他的作品多發表於：《小說月報》、《文學週報》、《詩》、《我們》、《文學》等刊物。現在筆者從《雪朝》（八位詩人合集，輯有劉氏詩十三首。為「文學研究會叢書」，商務版）選了他一首〈水手〉，抄錄給大家欣賞：

　　　　月在天上，
　　　　船在海上。
　　　　他兩隻手捧住面孔，
　　　　躲在擺舵的黑暗地方。
　　　　他怕見：
　　　　月兒眨眼，
　　　　海兒掀浪，
　　　　引他看水天接處的故鄉。
　　　　但他卻想到了：
　　　　石榴花開得鮮明的井旁，
　　　　那人兒正架竹子，
　　　　曬她的青布衣裳。

　　劉氏除了《雪朝》之外，並未單獨出過詩集。其他譯著則有：《社會論》（百科小叢書，商務版）、《社會心理學緒論》（共學社叢書，商務版）、《柏格森變之哲學》（新智識叢書，商務版）等。

詩人劉延陵

收錄劉延陵作品的新詩合集《雪潮》

(2) 小說家羅黑芷

　　羅黑芷是一九二五年間加入「文學研究會」。他的小說都是陸續在《小說月報》和《文學週報》發表的。

　　羅氏原名羅象陶，字晉思。黑芷、黑子、都是筆名。羅氏是江西省武寧縣人，因為久居長沙，所以被人誤會為湖南人。

關於羅氏的容貌，據趙景深憶述初見羅氏的印象云：

　　一九二五年，我在長沙李氏庭園宴會上，由主人李青崖（著名翻譯家）介紹而認識羅黑芷。誰知哩！他那黧黑的，飽經風霜的，沉悶憂鬱的臉。他那含著苦悶情懷的微笑，我將永遠不復再見了！

羅氏早年留學日本，得了文學士的名銜回國。後來得到鄭振鐸推薦，在商務印書館編譯所工作。可惜他的生命太短促，於一九二七年因病逝世，死時只有二十九歲。

羅黑芷一生只寫了三本書：（一）《牽牛花》（詩與散文合集，一九二六年長沙北門書店出版）。（二）《醉裏》（短篇小說集，一九二七年商務印書館出版）。（三）《春日》（短篇小說集，一九二八年羅氏逝世後，由友人編集其遺著，交由開明書店出版）。

一般人批評羅氏的作品，多認為描寫相當細膩，只是帶有憂傷氣息。以下是諸家評語：

王瑤在《中國新文學史稿》中說：「羅黑芷寫的多是貧窮灰暗的人生。筆調柔順，有契可夫的風格。」

趙景深在《文學講話》中說：「黑芷的文字差不多都是溫柔的；所以他的散文和小說都有點像詩，他實在有詩人的質地。」

李一鳴在《中國新文學講話》中說：「文學研究會會員創作的小說，大多以細膩平穩見長。羅黑芷的作品，則在細膩的描寫中，略帶沉抑的氣息。」

羅黑芷也寫詩，只是寫得不多。在《牽牛花》集內，他有一首十分別緻的詩，題目叫做「那個夫君」，現在抄出來給大家欣賞：

　　　瞧著可愛的妻子抱著伊初生的小孩子向著旁邊的美男子
蜜蜜的微笑著的那個夫君

　　這首詩只有一行，但長達三十五個字；而且沒有標點斷句，
要一口氣唸出來，實在不容易。這種「一行體」怪詩，似乎是模仿
日本俳句的。羅黑芷的詩、散文、小說都寫得相當不錯；如果他的
生命不是那麼短促，憑他的潛質與努力，後來一定會寫出更好的
作品。

　　　　　　　　　《星島日報・星辰版》一九七八年九月十一日

羅黑芷的《醉裏》

編「文藝」版出身的女作家楊剛

　　四十多年前，天津《大公報》的副刊「文藝」版，是頗受讀者歡迎的。起初由沈從文主編，後來上海版和香港版，都是由蕭乾主編的。到了一九三八年秋間，蕭乾準備到英國擔任《大公報》駐倫敦記者，乃推薦女作家楊剛接替。筆者就在這個時候認識楊剛的。當時筆者接到摯友季之華兄（以前在星加坡中國領事館工作，抗戰初期回國）從上海來信，說他有一位朋友楊剛，在香港《大公報》任職（地址是皇后大道中三十三號）希望筆者去探望她，於是筆者就到報館拜訪楊剛。見面時筆者約略向她打量一下，當時楊剛大約二十七八歲，不施脂粉，衣著也很樸素。膚色略黑，臉部瘦削，右眼眼皮有一道小小疤痕。她一面跟筆者談話，一面在整理放在桌上一大堆的稿件。後來有一個男人走進來，紅潤而豐腴的圓形臉上，戴著一副金色細邊的眼鏡，一身漂亮而筆挺的西裝。起初筆者還以為是報館老總，後來經過楊剛介紹，才知道他就是名作家蕭乾。目前他忙於向朋友辭行，因為過幾天就要啟程到英國去了。筆者知道他們工作很忙，所以不敢多談，只留下地址和電話號碼，就匆匆向他們告辭了。

　　筆者第二次與楊剛見面，是在她接編「文藝」版一個月之後。有一天下午，楊剛打電話約筆者晚上到德輔道中安樂園餐室談談。當晚筆者到步時楊剛已在座；她先向筆者致歉，說第一次見面時因為事情太忙沒有時間多談，現在工作已上軌道，也就沒有以前那麼緊張了。筆者問及「文藝」版情形，她說最高興的事就是許地山老師已答應替「文藝」版寫稿，並且提供很多寶貴的意見。因此，她很有信心能夠把「文藝」版編得更好，更符合廣大讀者的

要求。筆者又問她外間投稿多不多？是否足以應付每月十二期之用？（當時「文藝」版每星期出版三次）她說除了特約留港幾位作家經常供稿之外，從各地寄來的稿件相當多；因此她每天必須撥出一段時間，專心選擇來稿，以免忽略了好的作品。她提及稿件取捨標準，認為主要題材健康，言之有物，就使寫作技巧差一些也無妨。相反而言，如果文筆熟練，而內容空洞，那就不足取了。

從此以後，筆者與楊剛就很少見面了，因為大家的工作都很忙。不過，如有什麼重要的事，彼此就利用電話聯絡。例如有哪一位作家到香港來，文化界準備開會歡迎。或者是本港有什麼演講、座談會等等，楊剛都預先通知筆者。可惜筆者白天工作很忙，晚上又多應酬，因此多數錯過了參加的機會。

一九四一年八月四日。許地山先生因心臟病逝世，楊剛寫了一篇：〈追念許地山先生〉在《大公報》發表。其中有幾段是講述許氏之受人愛戴，及其治學精神：

先生！你去了。你去了以後，老年人失掉了快活的談話伴侶。中年人失掉了熱忱的，令人興奮的同工。少年人失掉了關心的，親熱的先生。孩子們呢？他們失掉了他們好頑的，淘氣的老伯伯了。

單看你本人，我總不能夠感覺到你是一位那樣精煉，那樣一絲不苟的學者。但是，當我看見你埋在書堆中間，埋在書目，卡片和札記本中間。

當我看見你把自己鎖在書架中間，低頭抄錄和寫作的時候，我就不能不承認你是一位真實的學者了。

先生！你給我第一次的印象，是在燕京大學的時候，到了香港以後，我和你接觸得更多了。無論什麼時候，上午、

下午，我走進你的書房裏去，總看見你專心地在工作。但是看見人來了，你總是很高興地放下你的事來和人談話。講你的所見所聞，講你讀的書，你研究中的發現。你的談話多少總令人對事、對物、對人、多得到一些東西，使人愉快而滿足。

此外，還有兩段是敘述許氏寫作態度之認真：

先生！以你的地位，最初我不太敢請你替「文藝」寫文章。在大學裏面主持學院的院長、成名作家、學者，怎樣能輕易給一個小小副刊寫一二千字的小文呢？可是你不同，每次求到你，你總是千肯萬肯。就是你推辭，我也知道你是故意，你要鬧點小頑笑。

你隨意答應寫文章，你卻不隨意對付你的文章。一千字的短文，你也寫了再改，改了再抄才寄出去。並且抄的時候，你還可以再改一下。你對人是那樣的寬，對待自己卻這樣的嚴。

楊剛這篇文章雖是哀悼之作，但寫許地山先生的動態卻頗傳神。

筆者與楊剛最後一次談話，大約是一九四一年十一月底。楊剛打電話告訴筆者，最近香港的情勢愈來愈緊張，萬一戰事發生，她決定撤退到國內去。最後她再三吩咐筆者，如果藏書太多，在日軍攻佔香港之前，一定要分散或毀滅，以免招來殺身之禍。就因為楊剛一句話，使筆者喪失了一大批原版新文學書籍，以及三十年代出版的雜誌，到現在想起來還覺得心痛。不過從好

的方面著想，也許因為楊剛的忠告，而使筆者得以保全這條性命。

一九四一年十二月八日，太平洋戰爭爆發，筆者與楊剛也就從此失去了聯絡。到後來才知道香港淪陷時，楊剛與一批文化界人士偷渡到惠州。在東江游擊區逗留一個時期，然後經粵北、湖南到達桂林。

一九四二年初，楊剛在桂林《大公報》主編「文藝」版。後來她與幾個外國記者，自桂林轉往浙江、江西、福建一帶採訪。寫了很多通訊，報導當時浙、贛、閩等地的實況。

一九四三年春間，楊剛離開桂林轉往重慶，並在重慶《大公報》主編「文藝」版。同年秋間，楊剛由重慶乘搭飛機前往美國。在紐約一方面讀書，一方面兼任《大公報》駐美特派員。在留美期間，她寫了不少通訊，在《大公報》以及《觀察月刊》上發表。

一九四八年秋間，楊剛由美返國，不久即策動天津《大公報》易名為《進步日報》的工作。翌年，她出任《進步日報》副總編輯。

一九四九年七月，中共在北平召開「全國文學藝術工作者代表大會」。楊剛當選為南方代表。（列入南方代表團第一團團員名單內）由團長歐陽予倩、副團長田漢、馮乃超率領出席大會。

一九五四年九月，楊剛以湖北省代表身份，參加中共「第一屆全國人民代表大會」。

據《中共人名典》（張大軍編，一九五六年香港自由出版社印行）所記載：楊剛曾任中共外交部主任秘書，但編者沒有提及其出任年月。

一九五六年，楊剛開始擔任中共《人民日報》副總編輯。

楊剛原名楊季徵。楊剛、楊繡、李念蓉都是她的筆名。她是湖北省江陵縣人。一九三二年畢業於北平燕京大學。由於她愛好

文學，在燕京讀書時已開始寫作；並向上海、北平、天津各報副刊投稿。她的文章多數獲得採用，也許因此吸引她走上寫作之路。

楊剛的作品散見各雜誌者：有發表於《文學季刊》的〈異伏〉（小說）、發表於鄭振鐸、徐調孚合編《文學集林》的〈望〉、〈祭魂〉（詩歌）、〈美洲是前程〉（翻譯）、發表於《觀察月刊》的〈晦明初多〉（紐約通訊）、發表於《文藝報》的〈評越劇白蛇傳〉（劇評）、〈小說外交官介紹〉（書評）、〈同美國之音談談留美學生不能回國的問題〉（評論）等。

至於已出版單行本的著作，計有：《商鞅》、《公孫鞅》（以上均為少年讀物小叢書，上海文化生活社版）、《沸騰的夢》（散文集，上海長風書店版）、《桓秀外傳》（小說集，為「文學叢刊」第七集之一，上海文化生活社版）、《東南行》（通訊集）等。

在楊剛作品之中，比較受人重視的，就是《桓秀外傳》。這篇小說是寫一個鄉村姑娘「桓秀」，嫁給大地主「劉三爹」的兒子「三郎」為妻，過門一年後，丈夫就因癆病復發而死了。「劉三爹」對這年輕守寡的媳婦，早已動了色心，就在兒子死後兩個月，終於抑不住慾火而將「桓秀」姦污了。「桓秀」的肉體雖然遭受「劉三爹」的蹂躪，但她的芳心卻另有所屬，就是那身體結實的長工「根生」。「桓秀」與「根生」在一起工作的時候，有說有笑，似乎很親熱也很開心。這情形「劉三爹」看在眼裏，恨在心頭，於是藉故把「根生」趕走，以為從此以後就可以安心了。不料「桓秀」已懷了孕，終於產下了一個男嬰。「劉三爹」給他起名叫做「福兒」，口頭說「福兒」是他的孫子，是「三郎」遺腹的根苗。但心中卻懷疑是「根生」留下的孽種，而不是自己的骨肉。後來「劉三爹」索性從城裏帶了一個滿身妖氣的女人回家，就不理睬「桓秀」和「福兒」了。從此母子兩人只好相依為命，過著淒涼的日子。到了「福

兒」三歲的時候，更不幸的事情終於發生了，有一天，「福兒」在河邊玩耍，失足墜入河裏溺斃。「桓秀」連這一個視為命根的兒子也死了，以後孤苦伶仃的日子，她自己也不知道將怎樣活下去。但她仍惦念著「根生」，相信他一定會回來。

一九七一年十一月二十一日，《先驅報》發表了一篇葉可根所寫的：〈人生採訪：憶楊剛〉，可以說是一項相當珍貴的資料，現在摘錄於下：

> 出版社打算出《羊棗選集》，友人奉命去徵求楊剛的意見。（羊棗原名楊潮，是楊剛的哥哥）
>
> 楊剛在會客室接見我們。她身邊坐著喬冠華，他那時在外交部並不如何得意，大概是上報館跟楊剛聊天的。喬冠華「大姐」前「大姐」後的喚著楊剛。
>
> 友人說明來意。楊剛思索了一會然後說，她不同意出版她哥哥的選集，她認為那些文章已經過時，現在翻印沒有什麼價值。
>
> 友人強調楊潮文章的資料性作用，楊剛笑著說，資料還是讓圖書館去處理吧！
>
> 楊剛最後致歉，並感謝出版社對她哥哥遺作的關注。她很客氣，說話的口音還是帶著湖北腔。友人的任務雖然未能完成，但楊剛給我們的印象不錯。她是走過江湖，見過世面的。
>
> 她死後寂寂無聞，沒有人悼念，這可能與「政治行情有關」。

上文的最後一段，提及楊剛已死。（可惜沒有報導楊剛逝世

的日期和地點）這個不幸的消息引起筆者無限感慨。

　　楊剛是具有文人氣質與才華的。如果她不是捲入政治漩渦，專心致力於寫作，相信會成為一位出色的小說家。

　　筆者與楊剛雖見面的機會不多，畢竟是談得來的朋友。過去一段友誼，無論如何總是值得懷念與珍惜的。

　　　　《星島日報・星辰版》一九七八年九月廿三與廿四日合刊

楊剛一九四五年攝於美國紐約

楊剛手跡

楊剛《沸騰的夢》初版封面書影

楊剛《沸騰的夢》版權頁

兩度誤傳死訊　談詩人梁宗岱

《文壇》第一〇一期，有一篇張大軍的〈悼念梁宗岱〉，其中一段云：

> 我熟悉的寫詩朋友有二，一是梁宗岱，一是雷石榆。石榆兄自九華徑一晤之後，便蹤跡杳然。於今，宗岱又因不堪暴力重壓，了了終生。翹首南天，真有無限悵惘之感！
>
> 朱伯奇所著《巴黎繽紛錄》，也有一段提及梁宗岱：「我與宗岱相識於民國三十二年。梁每見必喊：『朱先生！我們喝酒，喝酒呀，喝酒！』最近聽說梁被判九年徒刑，入獄勞動改造，不勝感慨，遂死。」

以上兩篇文章，都指出梁宗岱已死，其實這只是傳聞之誤。因為筆者獲知最新消息，梁宗岱目前依然健在。

消息來源是這樣的：今年春間，筆者參加一間書店紀念酒會，到會的都是文化界人士。主人介紹一位在某晚報寫專欄的朋友與筆者認識，彼此就坐在一起交談，話題扯到老一輩作家近況。那位寫專欄的朋友說，去年他到廣州遊覽，碰見一位認識梁宗岱的朋友。據說梁氏現在寄寓於廣州，雖然年紀已有七十多歲，但健康情形還好。梁氏久已沒有寫作和教書，卻在潛心研究眼科醫術，而且頗有成就。據說親友中患有眼疾經其治癒者已有多人，因此；梁氏雖然沒有公開行醫，而每天登門求診者還是接踵而來，這使梁氏苦於應付。目前廣州已有不少人知道這件事了。

梁宗岱是廣東省新會縣人。早年在廣州嶺南大學讀書時，就

已經開始寫詩了。後來他與同學劉穆（筆名思慕、小默）同時加入「文學研究會」，成為該會廣州分會的主要人物。梁氏於嶺大畢業後，再赴法國深造。回國之後歷任「北京」、「清華」、「復旦」等大學教授。抗戰後期，梁氏在廣西臨時省會百色，創辦私立「行健中學」，並自任校長。

　　梁氏作品發表於雜誌者計有：〈詩論〉（《詩刊》第二期）、〈談詩〉（《人間世》十五至十九期）、〈象徵主義〉（《文學季刊》第二期）、〈蒙田四百週年生辰紀念〉、〈尼采的詩〉、〈露台、秋歌〉（《文學》創刊號，三卷三期及六期）、〈夜與畫之交〉（《水星》一卷五期）、〈浮士德〉（《宇宙風》一四九期）等。

　　至於已出單行本者，屬於創作的有：《晚禱》（詩集，文學研究會叢書，商務版）、《詩與真》、《詩與真二集》（詩論及文藝理論，商務版）、《屈原》（古典文學評論，廣西南寧印刷廠版）、《蘆笛風》（詞集，私人版）等。屬於翻譯的有：《水仙辭》（保羅哇萊荔著，中華版）、《一切的峯頂》（哥德、雪萊等著，時代版）、《哥德與貝多芬》（羅曼羅蘭著，桂林華胥版）、《交錯集》（外國詩選，見中華全國總書目，原著者及出版者均不詳）等。

　　大家都知道梁宗岱是早期詩人（其詩集《晚禱》是一九二四年出版的），或者也知道梁氏有五首詩入選《中國新文學大系》（朱自清主選的詩集）。但梁宗岱也會填詞，而且出過一本詞集，知道的人就不多了。梁氏的詞集叫做《蘆笛風》，是一本線裝小冊子。書內沒有印上出版者，也沒有定價，大概是梁氏印來餽贈親友的。全書分為（一）《蘆笛風》，收一九四一年冬以至一九四三年春所作詞共三十七闋。（二）《鵲踏枝》，收一九四三年所作和陽春六一詞共十二闋。現抄錄「序曲」一闋給大家欣賞：

〈水調歌頭〉

人生豈侷促
與子且高歌
浩然一曲衝破
地網與天羅
給我一枝蘆笛
為汝星迴斗轉
冰海變柔波
哀樂等閒耳
生死復如何
浮與沉
明或暗
任予和
鈞天一笑相視
認我與同科
看取沙中世界
更見花中天國
同異盡消磨
君掌握無限
永劫即剎那

　　梁宗岱在百色時，做了兩件不尋常的事；詩人行徑的確與眾
不同，所以值得一談：

　　　　有一個時期，敵機狂炸百色。所有政府機關都自動放
　　假，唯有「行健中學」例外。宗岱每日黎明即起，率領一群

在校寄宿的學生，到郊外松林中上課。宗岱並大聲疾呼說：「松林是教室，炸彈就是課本！」

（摘錄：張大軍的〈悼念宗岱〉）

—— 這是詩人豪放的一面。

當時梁宗岱愛上一位在百色演粵劇的女伶甘少蘇，梁氏雖明知甘為有夫之婦，但戀之極切。全體伶官替甘少蘇的丈夫抱不平，與梁宗岱大打出手。梁雖為詩人而孔武有力，一擊之下，竟大唱凱歌。於是，甘少蘇遂歸梁宗岱。當時梁氏向人提及此事，每謂：

英雄奪得美人歸。（摘錄：朱伯奇的《巴黎繽紛錄》）

—— 這是詩人狂妄的一面。

《星島日報・星辰版》一九七八年十月十三日

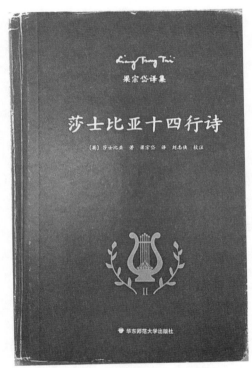

梁宗岱譯《莎士比亞十四行詩》

廣東才女冼玉清

冼玉清是早期廣東第一位大學女教授，也是廣東第一位女性參加修志工作的。冼氏畢生從事教育，並致力於文獻資料的整理，以及地方文物的考證。此外，詩詞、駢文、書畫亦有相當造詣，故有廣東才女之稱。事實上，她是足以當之無愧。

冼玉清自稱西樵山人，別號琅玕館主。是廣東省南海縣西樵鄉人。因為上一代在澳門創下基業，所以冼玉清自小在澳門長大。初從名儒陳子褒習文史，後在香港聖士提反女校專攻英文，故中英文均有良好基礎。一九一七年考入廣州嶺南大學，攻讀教育及文學。畢業後，留在母校附屬中學任教。一九二七年，冼氏轉任大學國文系講師。不久晉升為教授，講授駢文及文學概論。同時受廣東修志局之聘，助修通志及地方志。抗戰時期，冼氏隨嶺大流離到粵北、東江一帶，生活雖不習慣，但她卻毫無怨言。勝利後，嶺大在廣州復校，冼氏仍擔任該校教授。大陸「解放」後，嶺大被迫停辦，冼氏乃轉到中山大學任教。但始終沒有放棄寫作。

冼玉清著作頗多。已輯印成書者計有：《趙雪松書畫考》、《管仲姬書畫考》、《粵東印譜考》、《粵東著述錄》、《南州書樓所藏廣東書目》、《廣東醫學著述提要》、《廣東藝文志解題》、《廣東女子藝文考》、《萬里孤征錄》、《流離百詠》、《琅玕館隨筆、文集、詩集、詞鈔》、《更生記》等。輯入《藝文叢錄》（香港商務版）者計有：〈廣東平倭記功碑〉、〈廣東第一部海外風物志——黃衷的海語〉、〈廣東人寫的第一部小說〉、〈談編印續嶺南遺書〉、〈梁廷枏孝女祠記〉、〈粵人所撰論畫書籍提要〉、〈鑑藏家辛耀

文〉、〈粵東掌故錄〉、〈記大藏書家倫哲如〉等（本書收有冼氏作品三十篇，故只能列舉一部分而已）。

在《嶺南學報》發表者有：〈梁廷枏著述錄要〉、〈陳白沙碧玉考〉、〈天文學家李明徹與漱珠岡〉、〈何維柏與天山草堂〉、〈楊孚與楊子宅〉等。

發表於各雜誌者有：〈廣東之鑑藏家〉（《廣東文物》）、〈清季海軍之回溯〉（《東方雜誌》）、〈改良教育前驅者 —— 陳子褒先生〉（《教育雜誌》）、〈中國第一個製造飛艇的人〉（《新語半月刊》）、〈陳子壯故鄉 —— 沙貝巡禮〉、〈寫在鍾榮光校長歸葬後〉、〈仁化避難記〉（以上均刊於《宇宙風》）等。

此外在《逸經》、《大風》及其他報刊發表的作品也不少，但因篇目太多無法一一列出。

冼玉清年青時，才華出眾，容貌端莊，因此追求者大不乏人，但沒有人能夠打動她的芳心。冼氏曾作聯一首詩表明心跡，中有句云：「香餌自投魚自遠，任他終日舉竿忙。」

譚延闓中年喪妻，曾託某名士為介紹人，求娶冼氏為繼室，但被玉清以終身不嫁為辭而拒絕了，一時傳為佳話。

冼玉清曾在江孔殷太史家擔任任過文書。當時江太史聘請畫家李鳳廷，教其侍姬，女兒及媳婦學畫。玉清亦隨之學習，後來對於繪畫也頗有成就。《廣東現代畫人傳》（李健兒編撰）提及冼玉清之畫云：「其為畫也，荷花絕工。閒閒著筆，韻味澹遠，清逸如其人。然才美如許。即不以畫名。」

一九三五年五月二十五日。冼玉清在嶺大授課時，忽感心跳加劇並發高熱，乃赴校醫處求診。醫生認為是流行感冒，但服藥十餘日仍不見效，且不思飲食。再赴校醫復診，據說乃係胃病，故不以為意。不料病勢日趨嚴重，身體消瘦，疲倦無力，氣喘脈

促。從此遍求港穗中西名醫診治，但病況始終未見好轉，纏綿床第數月之久。後經李樹培醫生檢查，斷定為甲狀腺腫脹。一定要施手術割除。親友聞訊均勸冼氏不可冒險。九月二十五日。冼玉清終於自己作出決定，在廣州東山療養院，接受米勒爾醫生施行手術。冼氏被局部麻醉後，雖感覺迷惘，仍能想及生死問題，不禁百感交集。冼氏有詩記此事云：

> 刀鉗叉剪雪鎧鎧，霜氣凌眸澀不開。
> 莫道釵裙盡無勇，從容曾過斷頭台。

　　數日後，冼氏逐漸恢復健康，且返回嶺大授課矣。這一次大病不死，是冼玉清畢生難忘的一件事；後來她將經過情形寫成一本書，就是列為琅玕館叢著第三種的《更生記》。

　　一九四〇年二月。由中國文化協進會主辦的廣東文物展覽會，在馮平山圖書館舉行。大會主要職員都是文化界知名人士，執行委員有葉恭綽、簡又文、許地山、陸丹林等。籌備委員有王雲五、高劍父、冼玉清等。審查委員有桂坫、朱汝珍等。

　　冼玉清私人珍藏的文物，亦參加大會展出。計《梁元柱行書手卷》、《朱次琦手卷》、《張穆竹鳥明金扇面》、《梁廷枏蘭花圖》、《石寶田四芝圖》、《金希農刻象牙臂閣》、《鄺湛若瑪瑙冠》等。

　　大陸「解放」後，冼玉清除了在中山大學教書外，還替廣州《羊城晚報》副刊「花地」寫稿。她所寫的多是談詩詞、文物、掌故以及古今文人事蹟，她的文章很受讀者歡迎。

　　冼玉清於一九六五年十月二日因肺栓塞症逝世。享年七十二歲。冼氏一生著作頗多，可惜大部分已經絕版或散失。因此希望她的親友搜集歷年作品，編印一套《冼玉清文集》；使年青一輩

的讀者，也有機會欣賞冼氏的文章。

《星島日報・星辰版》一九七八年十月二十九日

冼玉清一九四一年六月攝於香港九龍荃灣

冼玉清一九四六年攝於嶺南大學

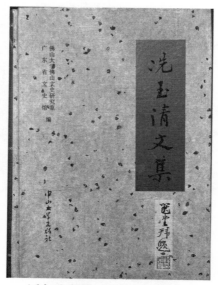

近年出版的《冼玉清文集》

第一位編寫劇本的女作家袁昌英

　　根據戲劇書目及其出版先後推斷，第一位編寫劇本的女作家，應該是袁昌英。她的創作劇集《孔雀東南飛及其他獨幕劇》，是一九二五年由商務印書館出版，並列為「現代文藝叢書」的。在這之前，似乎未有其他女作家出版過劇本。

　　袁昌英這本劇集收有：（一）《孔雀東南飛》（三幕悲劇）、（二）《活詩人》、（三）《究竟誰是掃帚星》、（四）《前方戰士》、（五）《結婚前的一吻》、（六）《人之道》（二至六均為獨幕劇）。

　　作者在自序中，敘述她編寫《孔雀東南飛》的動機與見解：

> 　　我一向讀〈孔雀東南飛〉，就愛這首絕妙的好詞。近年來研究戲劇，更覺得這是一齣絕好的悲劇材料，然而總不敢動手。
>
> 　　一晚燈下無事，又把它翻讀了幾遍，愈讀愈覺得悲慘。我認為焦母之所以嫌棄蘭芝，是一種心理在作祟。因為做母親的辛辛苦苦，親親熱熱，一手把兒子撫養成人。一旦被別一個不相干的女子佔去，心裏總有點忿忿不平，尤其是性情劇烈的守寡婦人，於是仲卿與蘭芝的悲劇就不免發生了。
>
> 　　我一把捉住了這個見地，就任想像所之，開始來創造這三幕悲劇了。
>
> 　　大概費了兩晚的不眠吧，悲劇的輪廓就隱隱地在腦海內，以後就只寫作的工夫了。

　　袁昌英終於完成劇本初稿時，曾請她的朋友蘇雪林、楊今

甫看過，並依照他們的意見修改。關於劇中的時代背景、生活狀況、以及服裝等問題，也請教過胡適，才做最後決定的。像袁氏這種虛心，嚴謹的創作態度，實在是值得稱許的。

戲劇家田禽批評《孔雀東南飛》說：

> 作者處理這篇故事，在技巧上是成功的，在編製上尤其緊湊；而在人物性格之描畫，與其心理之分析上也恰到好處。（摘錄《中國戲劇運動》第五節之女劇作家論）

女作家廬隱在〈關於袁昌英的孔雀東南飛〉文中說：

> 孔雀東南飛在她的劇本裏，可說最大最優秀而又最足以代表的著作。
>
> 在全劇裏，她用了全部的力量，表現了她對於這一首古名詩的一種新認識。（摘錄：《現代中國女作家》）

袁昌英的著作，除了《孔雀東南飛》之外，還有：《飲馬長城窟》（創作劇本，正中版）、《瑪婷，痛苦的靈魂》（翻譯版本，法國班拿著）、《法國文學》、《法蘭西文學》、《西洋音樂史》、《山居散墨》（戲劇理論，散文合集）、《行年四十》（散文集）（以上均為商務版）。

袁氏似乎未寫過詩，也很少寫小說。筆者只讀過她所作的一篇〈牛〉（短篇小說），是輯於女作家趙清閣主編的《無題集》（一九四九年，上海晨光出版社版）。

袁昌英字蘭子，號蘭紫。湖南省醴陵縣人。一九一六年前往英國，就讀於「愛丁堡大學」，得碩士學位。一九二一年回國，任

「北京女子高等師範」教授。

一九二六年，袁氏再赴法國深造。在「巴黎大學」聽講兩年，專攻戲劇一科。因此對於歐洲近代戲劇，有相當認識與心得。回國後，任上海吳淞「中國公學」教授，講授莎士比亞戲劇。一九二九年，袁氏轉任「武漢大學」文學院外文系教授。擔任法文、希臘神話、希臘悲劇、莎士比亞戲劇、歐洲近代戲劇等課程。

抗戰時期，袁氏在四川樂山「武漢大學」任教。勝利後，袁氏隨校返回武昌，仍任該校教授。（這一段袁氏小傳，是筆者根據趙清閣在《無題集》的一篇簡介袁昌英改寫而成的）

一般作家傳記書，都很少提及袁昌英。至於描述袁氏的容貌、舉止、生活的文章尤為罕見。據筆者所知，似乎只有蘇雪林所寫的〈記袁昌英女士〉一篇而已。原文刊於一九三七年三月一日出版的《宇宙風》第三十六期。因為蘇雪林是袁昌英的摯友，她所寫的不但觀察入微而且真實可信，因此，更值得摘錄給大家欣賞：

> 假如你還沒有會過女作家袁昌英女士，我可以在這裏給你介紹一下。短小的身個兒，不苗條也不精悍。說她美，女作家容貌足稱者本少，我們又何必誅求。說她不美，一雙玲瓏的大眼，配著一口潔白如玉的齒牙；笑時嫣然動人，給你一種端莊而流麗的感覺。
>
> 人是聰明而且敏捷。你同她談話，才說上半句，她便懂得下半句。
>
> 讀書也是如此，艱深的意義，曲折的文句，只匆匆看一遍；便會煥然冰釋，怡然理順地給你解釋出來。
>
> 昌英女士同她的丈夫楊端六先生，都在英國受過多年教育，豈有不成為紳士淑女之理！但據我觀察，端六先生的性

格是厚重寬宏，心思尤其縝密。說話做事，都要經過幾番考慮與打算。有一點害處，他都不幹，可謂百分之百的經濟學家風度。

　　聽說英國上流社會最講究禮貌，所以我們的昌英女士禮貌頗為周到。儀容的整飭更為注意，頭髮梳得一根不亂，衣服熨得平平正正，不容有一絲皺痕。

　　筆者認為蘇雪林這篇文章，不但是一篇十分出色的人物誌；也是研究中國女作家人士，一項相當重要的參考資料。

　　據說袁昌英與夫婿楊端六，於大陸「解放」前到美國定居，但後來的情形就不得而知了。

　　　　刊於《星島日報・星辰版》一九七八年十一月二十二日

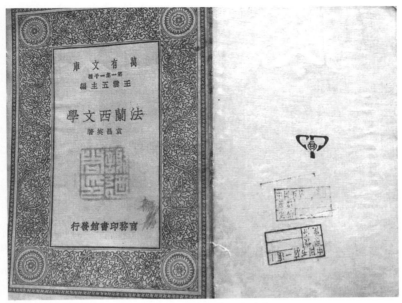

袁昌英的《法蘭西文學》

袁昌英的《法國文學》

逝世十三週年紀念
——談戲劇家顧仲彝

著名戲劇家顧仲彝,於一九六五年秋在上海逝世,享年六十三歲。

顧氏原名德隆,字仲彝,筆名焚玉。浙江省嘉興縣人,畢業於「東南高等師範學校」。一九二三年參加「戲劇協社」,一九二四年加入「文學研究會」,這也許是他後來走上文壇的橋樑。

顧氏做人的態度,以及教書的情形,我們可從他兩位學生的記述,知道一點梗概。溫梓川在〈顧仲彝,洪深不教戲劇〉文中說:

> 顧先生是名噪一時的戲劇家,他會寫會譯;而且還會導演,但他在「暨南」卻不教戲劇。他教的是必修科的英文,他選蘭姆的《伊利亞隨筆集》和《莎士比亞樂府》作課本,卻不選莎士比亞的戲劇。
>
> 顧先生的為人很和易,我們從來沒有看見他生過氣。他教書的時候如此,他導演的時候也如此,從來沒有責備過誰。
>
> 顧先生上課時,總是那麼一本正經,不苟言笑。但是他給我們排戲的時候,卻常常談笑生風,前後判若兩人。(摘錄:《文人的另一面》)

另一位葉秋紅在〈懷顧仲彝〉文中說：

> 顧先生在暨南大學教書，起初是高中部的英文教員，兼大學部一年級的英文講師，但不久就升任大學部西洋文學系教授了。他所擔任的課程，有發音學、小說史、英國文學、以及一年級的基本英文。
>
> 顧先生的英語講得非常流利，發音也非常正確和清晰，所以許多同學都誤會以為他是一個久遊歐美的學者。其實他非但沒有出過國，而且連大學的學士也沒有考取的。（摘錄：《熱風》半月刊第十六期）

顧仲彝一生勤於寫作，先後出版的著譯，計有數十種之多，散見於雜誌的文章亦不少。現在筆者根據手頭資料，列出篇目及書名，以供讀者參考。

（甲）發表於各雜誌者計有：

〈英國現代的文學〉（暨大文學院《集學》第一集）、〈小劇場的組織〉（《讀書顧問》創刊號）、〈高爾基訪問記〉（翻譯，《世界文學》一卷五期）、〈小劇場運動的起源〉、〈戲劇協社過去的歷史〉（《矛盾月刊》一卷五六期及二卷五期）、〈現代美國的戲劇〉、〈特種高等華人〉、〈戲劇家奧尼爾〉（《現代》五卷六期及六卷二期）、〈瓊斯皇〉（與洪深合譯）、〈巴雷〉（《文學》二卷三期及三卷一期）、〈今後的歷史劇〉、〈中國新劇運動的命運〉（《新月》一卷二期及四卷一期，此外尚有書評多篇）、〈電影工作入門〉（《電影論壇》第五期）、〈亨利菲爾丁的生平與著作〉

（《文藝報》一九五四年八月號）、〈亨利菲爾丁的戲劇作品〉（《戲劇報》一九五四年十月號）、〈談戲的開場難〉（《劇本月刊》一九六一年二三月號）等。

（乙）創作類，屬於理論者：

《劇場》（列為「社會教育小叢書」，商務版）、〈戲劇的源流〉（輯於舒湮編的《演劇藝術講話》，光明版）、《電影藝術概論》（益群版）、〈紀念文藝節話今後的電影工作〉（輯於《文藝三十年》，香港文協版）等。屬於劇本者：《生財有道》（劇場藝術出版社版）、《水仙花》（光明版）、《劉三爺》、《梁紅玉》（以上開明版）、《嫦娥》、《大地之愛》、《還淚記》、《衣冠禽獸》（以上永祥印書館版）、《八仙外傳》、《三千金》、《上海男女》、《黃金迷》、《同胞姊妹》、《重見光明》、《新婦》、《野火花》（以上世界版）等。屬於集體創作劇本者：《秋海棠》（與費穆、佐臨合編，百新版）、《清流萬里》又名《文化春秋》（與吳天合編第三幕，新群出版社版）等。屬於改編劇本者：《梅蘿香》（華爾脫原著，開明版）、《人之初》（巴若萊原著，新青年書店版）、《戀愛與陰謀》（席勒原著，光明版）等。屬於報導者：〈十年來上海話劇運動〉（輯於洪深著：《抗戰十年來中國的戲劇運動與教育》，中華版）、〈大戰後的英國文學大略怎樣？〉（輯於傅東華編《文學百題》，生活版）等。

（丙）翻譯類，屬於劇本者：

《獨幕戲選》（莫里哀等著，北新版）、《威尼斯商人》（莎士比亞著，新月版）、《國王打噴嚏》（塔士洛克著，少年兒童出版

社出版)、《相鼠有皮》(高斯華綏著)、《天邊外》(奧尼爾著)(以上為商務版)、〈雪的皇冠〉(來斯著,輯於舒湮編:《世界名劇精選》,光明版) 等。屬於小說者:《哈代短篇小說選》(哈代著,開明版)、《富於想像的婦人》(哈代著,黎明版) 等。屬於散文者:《樂園之花》(法朗士著,真美善書店版)。屬於詩歌者:《情詞選》(英漢對照,黎明版)。屬於史地者:《美利堅小史》、《蘇格蘭小史》、《瑞士一瞥》、《法蘭西一瞥》、《西班牙一瞥》、《埃及一瞥》、《暹羅一瞥》(以上均列為「少年史地叢書」,商務版) 等。

　　提起翻譯,顧仲彝曾於一九三四年寫了一篇〈我與翻譯〉(輯於鄭振鐸,傅東華合編的《我與文學》,生活書店版),這篇文章是記述他從事翻譯工作的經驗。最後他向全國翻譯界,提出幾點很有建設性的意見。

　　　　翻譯不比創作,是需要一種有計劃的合作和提倡。我的意見最好能組織一全國文學翻譯學會,集合全國翻譯同志,定下一個具體而有系統的計劃,大家合力去進行和完成。

　　　　整理已出版的譯本。經過審查後,或須修改,或須重譯。佳作則褒揚之。

　　　　對於各國文學,個別作家,作有系統的介紹。

　　　　希望於不久的將來,能有整套的《西洋文學名著叢刊》的出版,像《四部叢刊》一樣的大規模。使西洋名著,盡成中國文壇的寶藏。

　　　　我這點淺薄的意見,不過是拋磚引玉的開端。尚望海內外同志加以指正,給以正直的批評和檢討。我相信這是在中國新文學運動上極重要的一件工作。

　　顧氏的建議，雖然未必能夠獲得政府部門所採用。但對於出版界以及從事翻譯工作者，總有多少影響力。

　　抗戰時期，顧仲彝一直留在當時被稱為「孤島」的上海，從事於戲劇活動。

　　一九三七年多，顧氏到歐陽予倩家裏向其祝壽，因而認識了阿英和于伶，並應邀參加他們所主持的「青鳥劇社」。該社在演出《女子公寓》、《群鶯亂飛》、《不夜城》之後，不久就解散了。

　　一九三八年春，顧氏與李健吾、于伶、吳仞之等組織「上海藝術劇院」。首次演出的劇目是《梅蘿香》，由顧氏及李健吾二人擔任導演。後來因為工部局不肯批准，該劇院尚未正式成立便告流產了。

　　一九三八年秋，顧氏與阿英、許幸之等組織「上海劇藝社」。第一次演出的劇目是《人之初》，由吳仞之導演。以後陸續演出的劇目，計有三十餘種之多（其中部分劇本是由顧氏編寫的）。該社一直維持到一九四一年十二月，日軍進入租界時，才宣告解散。

　　一九四二年秋，「苦幹」與「上藝」兩個劇團合併，成為「上海藝術劇團」。由顧仲彝、李健吾、佐臨三人任編導委員，費穆為主任委員。第一次演出《大馬戲團》（師陀編劇，佐臨導演）。第二次演出《男女之間》（李之華編劇，毛羽導演）。第三次演出的劇目是《秋海棠》，由顧仲彝、費穆、佐臨根據秦瘦鷗同名小說，改編為五幕九場七景的劇本，並由上述三人聯合導演。這齣戲由一九四二年十二月廿四日起，至一九四三年五月九日止；總共演了一百三十五天，場場滿座，打破了歷來話劇賣座紀錄。

　　抗戰勝利後，顧仲彝仍留在上海，繼續在「復旦大學」教書。

　　一九四五年十二月十七日，「中國文協上海分會」舉行成立大會；以及一九四六年二月十八日，「文協」開會歡送老舍與曹禺赴

美講學，顧仲彝都有參加。當時顧氏已離開「復旦」，擔任「上海市立實驗戲劇學校」校長。

一九四七年，規模宏大的永華電影公司在香港成立。顧仲彝、歐陽予倩、周貽白，應聘到香港來，就任該公司編導之職，據說月薪超過港幣一千元。但他們三人始終未替公司編過一個劇本，也沒有導演過一部影片。後來他們覺得白拿薪水沒有意思，終於都離開「永華」。但顧仲彝卻因此而在香港逗留下來。

一九四八年六月廿七日，「電影論壇社」舉行座談會。地點在九龍山林道廿九號，討論的題目是「中國電影的回顧與前瞻」。應邀參加者有顧仲彝、歐陽予倩、夏衍、韓北屏、瞿白音、蘇怡、陳歌辛、丁聰等。

顧仲彝在席上發表意見說：

> 目前最重要的，還是注意出品，只要出品好，一定可以賣座。只是國產片的「好」字，許多製片家都誤解了。以為只要情節曲折，緊張熱鬧，香艷肉感，頭號明星。而忽略了社會或教育意義，人物的深刻化，和劇情的現實化。

一九四九年五月，「中華全國文藝協會」香港分會，選舉第三屆理監事。茅盾等十九人當選為理事，顧仲彝等九人當選為監事。

一九四九年七月，「全國文學藝術工作者代表大會」在北京舉行。顧仲彝當選為南方代表，於是離開香港北上出席大會。

但顧氏並沒有因此而留在北京，也沒有做「文化官」，卻返回上海教書。有時也在《文藝報》、《劇本月刊》、《戲劇報》等刊物，發表一些介紹外國作家，或戲劇理論的文章，但未見有新著的劇本出版。

顧仲彝在上海始終鬱鬱不得志，死後也寂寂無聞。也許是因為他思想保守，一直都沒有好表現，所以未能獲得當局的重視。

顧仲彝一生著譯不少，僅創作及翻譯劇本則有二十餘種之多。但是王瑤的《中國新文學史稿》，及劉綬松的《中國新文學史初稿》，對於顧氏及其作品都隻字不提（也許為了政治因素），筆者認為這實在太不公平了。

畢竟還是司馬長風先生的《中國新文學史》能夠擺脫政治枷鎖，消除偏見，替被歧視，被忽略的作家說說公道話。該書中卷〈收獲貧弱的戲劇〉一章中，提及顧仲彝說：

> 顧仲彝在創作方面的成就固然不俗，在普及新劇方面也盡力殊多。他是學校業餘演劇的熱心提倡者，他特為學校劇團寫了十個劇本，《劉三爺》就是其中之一。
>
> 同時他的劇作無論內容和形式，都充滿了中國風土的氣味，與余上沅等所倡的「國劇運動」，有不謀而合之處。

上文雖然只有短短幾句，卻是十分中肯的批評。

《星島日報・星辰版》一九七九年二月十八、十九日合刊

顧仲彝改編法國戲劇《胖姐兒》文稿

顧仲彝改編五幕喜劇《生財有道》

〈草木篇〉作者另一部少見的作品
——流沙河的短篇小說集：《窗》

一九五七年一月，四川出版的《星星詩刊》創刊號，登了流沙河（余勛坦）的一組散文詩〈草木篇〉，隨即引起「四川文聯」的猛烈抨擊。同年八

月，北京出版的《詩刊》，發表了老詩人沙鷗的一篇〈草木篇批判〉，指責沙流河的〈草木篇〉是鳴放時期用詩的形式向黨進攻的第一支毒箭。此外全國知名的文藝期刊：《人民文學》、《文藝報》、《文藝學習》等，也先後刊登攻擊流沙河的文章。

這一場文壇大鬥爭，歷時超過半年，並牽涉了不少人，結果流沙河在圍剿之下，終於被劃為右派份子。流沙河從此就失了蹤，也斷絕了消息。他究竟是生還是死？二十年來始終是一個謎。直到最近攤在《詩刊》四月號，發現了流沙河兩首詩，題為「貝殼」與「常林鑽石」。雖然《詩刊》並沒有提及流沙河獲得平反，恢復寫作；但從〈常林鑽石〉這首詩，就知道是他的最新作品，也揭開了他生死之謎。因為在山東省常林發現巨大鑽石，只是近年來的事。

平心而論，流沙河的〈草木篇〉只是借用五種植物：白楊、仙人掌、毒菌、雲、梅，象徵人的性格與世態，實在看不出有諷刺黨的意圖。這一組散文詩，五題一共只有二百八十五字，而批判它，攻擊它的文章，竟達三十萬字之多；不但浪費了不少人力與物力，最殘忍的是扼殺了一個青年作家的寫作生命。流沙河的詩雖然不夠精練，但清新可喜。他的詩集：《農村夜曲》（一九五六

年七月，重慶文藝社版）、《告別火星》（一九五七年五月，作家出版社版）等，都是一般人所熟悉的。不過，流沙河另有一本短篇小說集：《窗》，相信知道的人就不多了。

《窗》於一九五六年九月，由北京中國青年出版社出版。書是三十二開本，薄薄一冊只有八十八面，初版印了八千冊。幾個月後，流沙河就因〈草木篇〉被打成右派，這一部小說集也因此一直沒有再版，此後亦未見有人提及。可見這本書在國內流傳並不普遍，在香港當然更加少見了。

《窗》是流沙河一九五三年，以至一九五六年春，這段時期所寫的作品結集。全書共收入短小說十篇：（一）〈窗〉，通過一個農家安裝玻璃窗的故事，反映農民解放前後生活的變化。（二）〈李大爺的秧田〉、（三）〈雨〉、（四）〈菜園裏〉，以上三篇都是寫集體主義和自私自利思想的鬥爭。（五）〈一個小學畢業生的日記〉，描寫一個農村小學畢業生參加農業勞動後的變化和成長。（六）〈金牛和鐵牛〉，寫一個貧苦善良的農民，在黑暗的舊時代裏，夢想幸福；以至聽信了不可靠的傳說，夜間去捉「金牛」，結果慘遭不幸。只有他的下一代才在今天的田野上，找到了「金牛」和真正的幸福。（七）〈一條鯉魚〉，寫一個農村兒童的故事。（八）〈追〉，一個農村青年追捕特務的經過。（九）〈燕子和獵人〉，也是寫一個農村兒童的故事。（十）〈辣椒和蜜糖〉，是青年知識分子的戀愛故事。

書末附有周振甫一篇評論文章〈讀窗〉。茲引錄周氏對於本書第一篇小說〈窗〉的分析與批評：

> 通過在牆上開窗這件事，用來反映新舊生活的懸殊，新舊思想的矛盾；從而歌頌新的生活和新的思想，用意是好的，

只是寫得過於簡單化了。

　　王小福跟他的娘在黑暗的草屋裏整整過了十年，他的娘已經習慣了這種黑暗，他卻不習慣起來，要開窗子。

　　他跟娘都是從舊社會裏生活過來的，都是熬過苦難的。他娘可惜買玻璃的錢，他卻不可惜，他娘迷信，他卻不迷信。

　　究竟他這種新的品質是怎樣成長起來的呢？培養他這種新的品質的環境又是怎樣的呢？這種環境怎樣幫助他克服他娘的落後思想呢？這些在〈窗〉裏都沒有寫到，這就把問題簡單化了。簡單化的看法，正是沒有深入生活的結果。

　　　　《明報月刊》第十四卷第七期，一九七九年七月

流沙河的《告別火星》

流沙河的《窗》

神秘詩人柳木下及其《海天集》

　　如果你在香港或九龍的書店裏，看見一位年紀約莫六十三、四歲的老人；兩鬢斑白，背脊微彎，手裏拿著一個花布小包袱。全神貫注地在翻閱書籍，他一定是神秘詩人柳木下了。

　　詩人原名劉孟，筆名有柳木下、婁木等。他是廣東省梅縣人，於上海復旦大學畢業後，再往日本深造。大約於一九五○年初在香港定居下來，其間曾擔任中學教員，也曾在出版社做過事。晚年因為沒有適合的工作，就替相識的朋友找找參考書。後來有了經驗，索性專做買賣舊書的小生意（絕版好書只賣影印本）。由於收入沒有固定，生活清苦自是意中事。

　　柳木下第一本詩集《海天集》，於一九五七年十二月出版（由本港上海書局印行）。這本詩集輯有他一九三五年至一九五七年，分別在廣州、上海、香港等地所寫的詩五十首。柳木下在〈後記〉中說：

　　　　當書店答應可以替我出版一本詩集時，我便把歷年所寫的詩加以整理。

　　　　經過一番選擇之後，認為比較有意義的，共得五十首，而且都是行數不多的抒情詩。二十年的歲月，收穫只有這麼一點點，說來實在令人汗顏。這些詩，其中有大部分都是在寓居香港時寫的，而香港的碧海與青空，在某一個時期，曾經是我的寂寞的伴侶。故姑名之為《海天集》，聊以紀念香港，及個人生活上的若干遭遇。

　　　　新詩的存在，在原則上雖沒有問題，但它的表現方法卻

仍在嘗試與探途中。至於我的這些習作,現在也不多說什麼,只有靜候高明的指正。

柳木下是一位頗有才華的詩人。他寫詩絕不標奇立異,喜歡用平凡的事物作為題材。他又善於運用詞藻,用字造句都花過一番心思。他的詩雖然不大著重韻腳,但讀起來卻有優美的節奏感。筆者認為他的詩不論內容與技巧、都是一般讀者所容易接受的。

現在選錄柳木下的四首詩與大家共賞。一首題為〈冬日有感〉:

我沒有歌唱。
在雪壓的十二月,
你可曾聽過一聲鳥鳴?
但冬天過去了,
不就是春天了麼?
雪溶了,
花開了,
陽光輝耀著;
撫摸溪流,沼澤與田野,
而且還來照我久困於灰霧的心。
於是我的歡聲像雲雀似的飛起,
越過了山,越過了海
陽光一樣地,
充溢高崗與平原。

另一首以〈路邊的樹〉為題：

> 一棵樹，一棵路邊的樹，
> 繁茂的枝椏四垂。
>
> 牠像一個慈藹的老人，
> 牠讓人們在牠的傘下休息。
>
> 虔誠，謙恭，
> 牠把牠的陰涼撒與。
>
> 當人們重又趲程，
> 牠從不希冀一句謝語。

以上兩首詩，不能算是《海天集》裏最好的詩。不過，卻是筆者特別喜愛的。此外還有兩首短詩，題材及意境都好，只嫌帶有多少舊體詩的味道而已。

（一）〈別廣州〉：

> 城市寂如廢墟，
> 十室九空，
> 小巷闃無人跡。
>
> 行見故宅瞬成狼虎之居，
> 我與友人遠去，

聽沉重的下鎖聲。

（二）〈投宿〉：

冬日既夕，
野徑寥寂。
遙見竹籬廬舍，
山村暫息流轉之疲憊。
深巷犬聲四鳴。
叩門投宿，
因說來自鄰土，
父老詢問殷殷。

柳木下除了創作詩集《海天集》之外，還編過幾本外國作家的作品選集：（一）《近代作家六人集》（一九五八年，星洲世界書局印行）、（二）《歐洲作家散文選》、（三）《世界作家書信選》（以上兩書均為一九五九年，本港東亞書局印行）。

筆者認識柳木下已有兩三年了。曾向他買過幾次書，大家也一起喝過幾次茶，但每一次都是他打電話約筆者到餐室見面的。他對任何朋友都不肯透露他的住址和電話，一向只有他約朋友，而朋友都沒有辦法約他。至於他的往事更是絕口不提，因此認識他的朋友都把他看作神秘人物。

有一次，筆者問柳木下：「你為什麼不再寫詩？」他回答說：「人老了，心情又不好，哪裏還有興致寫詩呢？」

最近在一家晚報副刊上，忽然看到柳木下的一首詩：〈餐室裏的少女們〉。筆者真替他高興，這位神秘詩人終於拿起擱置了二十

多年的筆，重新寫詩了。筆者希望他繼續寫下去，為愛好新詩的讀者們，寫出更多更好的詩篇。

《星島日報・星辰版》一九七九年七月十九日

柳木下唯一一本詩集《海天集》

羅家倫及其詩集《疾風》

　　白話詩最早出現於雜誌的，就是《新青年》四卷一期（一九一八年一月出版）所發表的九首。作者為胡適之、沈尹默、劉半農；因此，他們三位可以說是白話詩的開路先鋒。稍後，寫白話詩的作家愈來愈多，如魯迅、周作人、康白情、俞平伯、朱自清、劉大白等都是個中好手，而且是大家所熟悉的，此外，還有一位羅家倫，他很早就開始寫白話詩了。一九一九年初，他已有詩作在刊物上發表，後來還出了一本詩集。因為一向很少有人提及，所以知道的人並不多。

　　羅家倫字志希，浙江紹興人。一九二〇年畢業於北京大學。再赴美、英、法、德各國入著名學府研究歷史及哲學。回國不久即參加革命（北伐）工作。嗣後歷任清華大學，中央大學校長，駐印度大使。大陸解放後，羅氏前往台灣定居，並出任國史館館長。一九六九年十二月間不幸因病逝世，終年七十三歲。

　　羅家倫早年在北京大學讀書時，曾與同學傅斯年、楊振聲、康白情、汪敬熙等組織「新潮社」；並於一九一九年一月創刊《新潮》月刊，由羅氏及傅斯年主持業務，用「北京大學出版部」的名義出版及發行。創刊號出版後，大受讀者歡迎，前後印了三版，銷數達到一萬三千本之多。《新潮》與《新青年》都是以鼓吹新文化，新思潮為宗旨的刊物，對當時的知識青年很有影響力。可惜後來「新潮社」骨幹分子為了各奔前程而星散（一部分出國留學，一部分另組新團體），以致《新潮》月刊於三卷二期出版後，就宣告停刊了。

　　羅家倫早期寫了不少白話詩和小說，每一期《新潮》月刊都

有他的作品發表。後來他出國深造以至回國工作，一直沒有放棄寫詩。一九三九年秋，羅氏寄寓於重慶。由於工作比較清閒，他就利用這段時間整理二十年來所寫的詩稿。經過慎重取捨之後，選出詩五十二首，譯詩十四首，以及歌詞十首，合編為一冊。這就是羅家倫生平第一本詩集，同時也可以說是最後一本詩集：《疾風》。

《疾風》是一九四三年九月由重慶商務印書館印行初版的。羅家倫在本書〈自序〉中說：

> 這部集子所錄的乃是我在歐美時期直到而今的選稿，更選了其中一首的頭兩個字做集名，這就是《疾風》。附上十幾首外國名詩的譯文，題曰「歐風集」。又錄上十首軍歌，其中七首已變成音樂，傳誦頗廣，題曰「笳聲集」。縱然有人稱為蛇足，我也承受。
>
> 這些詩中，有有韻的，有無韻的，有哲理的，有情感的；也有一種或者可以說是時代的潮音。
>
> 我還是不願意修飾前幾年的字句，因為它們是我那個時代心靈的記錄。
>
> 現在印出來也不過是留著我不斷生命流中的一些波紋。

《疾風》除重慶初版外，一九四六年七月曾在上海重印一次，目前這兩種版本都不容易買到。現在筆者從手頭舊存的一本，選錄詩及軍歌各一首給大家欣賞：

（一）：〈攀登五老峯〉

湖水淡青，
大江深黃，
田疇蔥翠——
裹著一片的穹蒼。

腳底升起的雲，
蒸蒸騰騰，
浩浩蕩蕩。
向前呵，
還認得出路徑。
後顧的已是怯者，
何況後路茫茫？

是山的絕處，
我經過時，
急的風，
濃的霧，
要想把我撼盪。
終不過收入我的袖中，
我的懷裏，
還值不得使我聲氣迴腸！

(二)：軍歌（獻給東北抗敵民眾）

中國東三省，
土地最肥饒

　　黑土黑，

　　高粱高，

　　朔風初起馬群驕。

　　長白雪皚皚，

　　鴨綠浪滔滔。

　　先民經略賢勤勞，

　　誰敢來侵佔，

　　先試我的刀。

　　男兒生不勇殺敵，

　　死不算英豪。

　　羅家倫寫詩的技巧，也許比不上從事專業寫作的詩人。但以一位研究歷史、哲學的學者而言，能寫出這樣中規中矩的詩，已經是不容易的了。

　　羅氏有關文學的著譯，除了詩集《疾風》之外，尚有（一）《逝者如斯集》（一九六七年台灣傳記文學出版社印行）收羅氏所作「往事回憶」、「追念師友」、「傳記序跋」等三類文章計廿七篇。（二）《近代獨幕名劇選》（一九三一年上海商務書館出版）收羅氏選譯英美著名獨幕劇十齣。篇前附有原著作者小傳，篇後附錄原文，以供參考對照。

　　今年是羅家倫逝世十週年，筆者謹以這篇小文代表深切的悼念。

　　　　　　　　　　《星島日報·星辰版》一九七九年十月十四日

羅家倫的《疾風》

小說家何家槐與〈貓〉

(1) 傳記

　　三十年代著名短篇小說家何家槐，又名永修，筆名先河。一九一一年生於浙江省義烏縣何麻車村。一九二九年高中畢業後，由徐志摩介紹入「私立中國公學」大學部，起初唸政治經濟，後來改讀中國文學。一九三二年何氏為了減輕負擔，轉入「國立暨南大學」西洋文學系，因為國立的學費和雜費可以節省不少，同年何氏參加了「左翼作家聯盟」，擔任宣傳和組織工作。一九三四年五月，秘密加入「中國共產黨」。一九三七年抗日戰爭爆發，何氏參加「戰地服務隊」，在浙江、江西、廣東各地工作。一九三九年服務隊解散，何氏轉任「第四戰區長官部」機要室秘書。抗戰勝利後，何氏回到上海，不幸患了胃潰瘍症，吐血不止，生命危在旦夕。當時他未有固定工作，無法籌措醫藥費；不得已在《文匯報》刊登啟事，向各界人士求助，後來他收到一筆贈款才治好了病。大陸解放後，何氏歷任「文學研究所」現代文學組副組長、「高級黨校」語文教研室主任等職。一九五六年四月，何氏隨「文化代表團」到歐洲訪問，先後到過意大利、法國、瑞士，歷時三個多月然後返回北京。一九六四年十月，何氏應聘到廣州，擔任「暨南大學」中文系主任。文化大革命開始，何氏被列為黑幫分子，遭受清算鬥爭。一九六九年一月，何氏的兒子遠從北大荒到廣州探監；看見何氏背也駝了，頭髮鬍眉全部變白。本來瘦弱的身體只剩下了一把骨頭，已經被折磨得不似人形了。同年二月十九日，何氏終於病死獄中，卒年五十八歲。

(2) 作品

何家槐不但是一位傑出的小說家，文藝批評家，也是一位翻譯家。他一生的著譯計有下列十餘種。

創作方面：（一）《竹布衫》（一九三二年黎明書局出版）、（二）《曖昧》（一九三三年良友圖書公司出版）、（三）《懷舊集》（一九三五年天馬書店出版）、（四）《寒夜集》（一九三七年北新書局出版）、（五）《稻粱集》（一九三八年北新書局出版）、（六）《冒煙集》（一九四一年文獻出版社出版）、（七）《寸心集》（一九五三年新文藝出版社出版）、（八）《旅歐隨筆》（一九五七年中國青年出版社出版）、（九）《故事新編及其他》（一九五七年中國青年出版社出版）、（十）《魯迅作品講話》（一九五九年長江文藝出版社出版）。

翻譯方面：《小說與民眾》（福斯脫著，一九三八年生活書店出版）、（二）《建設斯大林格勒的人們》（伊林等著，高爾基序，一九五〇年三聯書店出版）、（三）《論俄國作家》（席達諾夫等著，何其芳校閱譯文。一九五一年新文藝出版社出版）。

(3) 關於〈貓〉

何家槐在「暨南大學」讀書時，已經開始寫作了。雖然曾在雜誌上發表過幾篇小說，但未受人注意。到了〈貓〉在《小說月報》刊出之後獲得好評，才一舉成名。

論〈貓〉的題材，只是一個平凡的故事。敘述一對年青夫婦居住於比較僻靜的地方，一向很少朋友到訪，所以他們日常所過的生活十分枯燥與寂寞。丈夫是一個作家，比較喜歡這種清靜的環境。但太太卻是一個好動而有孩子氣的女人，終日困在家裏自然

覺得很無聊。因此，她每天除了彈琴，就是以逗貓嬉戲來消磨時間。不過，由於她對貓過於溺愛，比服侍丈夫更加體貼入微，於是令到丈夫嫉妒貓，甚至憎惡貓，恨不得殺盡天下的貓，絕牠的種。

有一天，忽然有一個朋友到訪，他是丈夫以前的同學，大家久別重逢，自然十分高興。這位朋友在附近一間學校教書，從此就成為他們家中的常客。丈夫因為忙於寫作，時常叫太太陪伴這位朋友外出散步，免得太太坐在家裏發悶。

但事情發展得有點出入意料。丈夫看見太太陪伴朋友散步回來，兩人手牽著手，有說有笑，樣子十分親暱。一次，兩次，以至不知多少次，情形都是如此。丈夫心裏難免起了猜疑，認為這位朋友簡直是家中的第二隻貓，贏得太太的寵愛而令他嫉妒與憎恨，於是他用冷嘲熱諷的說話去詰責太太，迫她說出事情的真相。結果，太太受不了丈夫的譏刺與侮辱，終於離家出走。後來丈夫經過調查知道太太是清白的，苦苦哀求她回家，但已經太遲了。

一個這麼平凡的故事，經過何家槐巧妙的處理，細緻的描繪，以及人物個性的刻劃，便成為一篇出色的小說。可見何家槐才華之高，功力之深。

溫梓川（何氏暨大同學）所著《文人的另一面》，其中一則提及何家槐寫〈貓〉的情形：

> 有一次，我問他〈貓〉是怎樣寫成的？他便坦然地告訴我，說那完全是得力於徐志摩先生的啟示，故事人物都是志摩供給的材料。他把這篇小說寫成之後，曾鄭重其事地再三修改，然後才送給志摩去評定。志摩很賞識這篇小說，當即

給他介紹到鄭振鐸主編的《小說月報》去發表了。他說這篇小說寫得那麼成功，而且能夠使他一舉成名，在他簡直是非常意外的。

〈貓〉後來輯入於何家槐的短篇小說集《曖昧》（列為趙家璧主編的「良友文學叢書」第二種）。何氏在自序中說：

> 寫文章的困苦，盡人皆知；明知苦卻仍然不能住筆，原是不得已的事。我文章寫得不多，又因生活忙無心細寫，自己實在不滿自己的作品。明知要獻醜，卻還是交去付印，任人笑罵，也可以說是不得已的事。

何家槐認為寫文章是苦事，相信一般寫稿之人都有同感，尤其是為生活而寫的更能體會。

《星島日報・星辰版》一九八〇年一月十六日

何家槐的《寸心集》

何家槐翻譯的《小說與民眾》

《旅歐隨筆》書影

《故事新編及其他》書影

《龍山夢痕》的兩位作者
王世穎與徐蔚南

一九二六年，上海開明書店出版了一本《龍山夢痕》，是王世穎與徐蔚南合著的散文集。當時他們都在浙江紹興「春暉中學」教書，每逢假期他們便到紹興龍山一帶遊覽。《龍山夢痕》裏的二十篇散文，就是他們遊山玩水的回憶錄。

關於這本書寫作的情形，據徐蔚南在弁言中說：

> 漂泊在越州已八九月。耳中聽到的故事，目中看到的景色，雖已不少；然都已成陳跡，不復紀念。偶在夢中重現一二，究非廬山真面目了，夢已無憑，而又以著跡的文字來抒寫，自然更是模糊了。雖然，這一度春夢，能留在紙上已是萬幸了。

王世穎也在自序中說：

> 一九二四年春天，我和蔚南同客紹興。我們倆底臥室緊貼著，每夜必抱膝長談，每談必至深夜，直到燈昏人倦，然後各自尋夢去。他偶然有興，便寫幾篇抒情述景的小品，題上「龍山夢痕」字樣。同客他鄉，他有夢，我何嘗沒有呢？於是我也拿了我的夢痕，收入這《龍山夢痕》裏了。

龍山只是紹興境內一個平凡的地方，沒有什麼名勝與古蹟。

經過王世穎、徐蔚南在文章裏加以渲染，替龍山披上一件絢爛的外衣；於是在一般讀者心目中，龍山就變成一個山明水秀的遊覽勝地了。

劉大白在本書序文裏也提及這一點：

> 臭腐乳化了的龍山，居然在我底朋友王世穎，徐蔚南兩位先生底夢境中，留下了許多美妙的痕跡。他倆更用美妙之筆，把這些美妙的夢痕描繪下來，成為二十篇美妙的小品。雖然他倆所描繪的，不單是龍山，而兼及於那些稽山鏡水，但是龍山畢竟是主題。龍山何幸，竟有這樣美妙化的福份呢！

龍山的景物雖然是平平無奇，但《龍山夢痕》裏的文章卻很出色。作者並沒有運用華麗的詞藻去讚美龍山；只用平易的文句，流暢的筆法，細膩地描繪大自然的景物，讀起來令人有清新親切之感。

《龍山夢痕》出版後，不但獲得各方面好評，就是各地中學也多選作國文教材，或列為作文範本。中國新文學大系周作人編選的散文一集，選入王世穎作品二篇，徐蔚南的作品三篇，也都是從《龍山夢痕》挑選出來的，可見這本散本集是相當受人重視的。

《龍山夢痕》作者之一王世穎，字新甫，筆名王夫凡、春大、誰歟。他是福建省閩侯縣人，一九〇一年出生。畢業於上海「復旦大學」。歷任「復旦大學」、「上海法政大學」、「上海商學院」、「中央政治大學」教授，以及「浙江大學」秘書長。

王世穎的文學作品，除了《龍山夢痕》之外，只有一本《倥傯》（散文集，上海開明書店出版）。後來他為了提倡合作運動，

不得已放棄了文學寫作。王氏關於「合作」的著述有：《各國合作事業概況》（上海中國合作學社）、《合作事業》（上海黎明書局）、《農業合作 ABC》（上海世界書局）、《合作運動》（浙江省指委會）、《合作與其他社會運動》（合作學社）、《合作主義通論》（上海世界書局）等數十種。

一九四九年初，王世穎準備由福州乘船前往台灣，不幸得病以致無法起程，終因貧病交迫在福州逝世，死時只有四十八歲。

《龍山夢痕》另一位作者徐蔚南，筆名澤人。他是江蘇省吳縣人，一九〇〇年出生，精通日、法兩國文字，曾任「浙江大學」教授。也擔任過「上海世界書局」，「上海通志館」編輯，並曾主編《民國日報》的副刊「覺悟」，《大晚報》的副刊「上海通」。

一九二八年，徐氏替世界書局主編一套《ABC 叢書》，他在這套叢書的〈發刊旨趣〉中說：

　　　　西文 ABC 一語的解釋，就是各種學術的階梯和綱領。我們現在發刊這部 ABC 叢書，有以下兩種目的：

　　　　第一，正如西洋 ABC 書籍一樣，就是我們把各種學術通俗起來，普遍起來；使人人都有獲得各種學術的機會，使人人都能找到各種學術的門徑。

　　　　第二，我們要使中學生，大學生得到一部有系統的優良的教科書或參考書。這部 ABC 叢書，每冊都寫得非常淺顯而且有趣味，青年們看時絕不會感到疲倦。不特可以啟發他們的智識慾，並且可以使他們於極經濟的時間內，收到很大的效果。

　　這套 ABC 叢書分為文學、藝術、政治、經濟、哲學等二十幾個門類，前後出版了一百多冊，可以說是當時中國出版界一件頗有意義的事。

　　徐氏的創作及翻譯計有二十餘種。屬於創作的有：《奔波》（小說，北新書局）、《春之花》（散文集，開明書店）、《水面落花集》（散文集，黎明書局）、《小小的温情》（散文集，新亞書局）、《都市的男女》（散文集，春明書店），《乍浦遊簡》（書信集，開明書店）、《藝術哲學 ABC》（理論，世界書局）、《上海棉布》（史話）、《顧繡考》（考據）（以上均中華書局）。

　　屬於翻譯的有：《女優泰綺思》（小說，世界書局）、《法國名家小說選》（開明書店）、《她的一生》（小說，世界書局）、《屠格涅夫散文詩》（新文化出版社）、《茂娜凡娜》（劇本，開明書店）、《孤零少年》、《印度童話》、《童話讀本》、《寓言讀本》（以上均為兒童讀物，世界書局出版）。

　　抗戰時期，徐蔚南離開孤島遠走四川，直到勝利後才返回上海。當時文協上海分會成立，以及歡送老舍、曹禺出國那兩次盛會，徐氏都有參加。但大陸解放以後，就沒有聽到他的消息了。

　　　　　　　　　《星島日報・星辰版》一九八〇年一月三十一日

王世潁與徐蔚南的《龍山夢痕》

徐蔚南著《中國美術之藝學》

談許地山〈貓〉

筆者最近在舊書店買到一本許地山遺著《國粹與國學》，這是從許氏最後一批遺稿整理而成的。內容分為三類：（一）宗教類共收〈原始的儒、儒家、儒教〉、〈醫學與道教〉、〈宗教的婦女觀〉等三篇。（二）文物類共收〈大中磐刻文時代管見〉、〈清代文考制度〉、〈香港考古述略〉、〈禮俗與民生〉、〈貓乘〉等五篇。（三）語文類共收〈中國文字底命運〉、〈青年節對青年講話〉、〈拼音字和象形字的比較〉、〈國粹與國學〉、〈中國文字底將來〉等五篇。

許地山夫人周俟松在本書序文中說：

> 此刻的胸頭覺得輕鬆些，帶在身邊的地山遺稿，已大部分整理完竣。在遺稿〈二十夜問〉、〈危巢墜簡〉、〈雜感集〉的寫序時候，心中雖有萬般傷痛，但總不及今天來為《國粹與國學》論文集寫序的苦，為何？在我編理這本論文集時，其目次是依屬分類，及完稿時間之先後為原則。
>
> 本集裏以《國粹與國學》為其最後一篇完成的遺著。為沉痛紀念地山，不計書之內容如何？整理是否得當？乃以本名而冠書名，尚祈讀者諸君鑒諒。

周俟松女士這篇序文寫於一九四五年八月，當時她在「戰時生產局」做事；所以將這部整理好的書稿就近交給重慶商務印書館，於一九四六年八月出版，稱為重慶初版。嗣於一九四七年六月在滬重印，叫做上海初版，筆者買到的是後一種的版本。

筆者初看書名《國粹與國學》，以為是一本談論古典文學的專

集。經過翻閱之後，發現其中有一篇〈貓乘〉，是富有趣味性專門談貓的文章。據許氏在篇末按語說，他自己一向愛貓，故此不憚煩地參考中外古今關於貓的記載和傳說，寫成這篇〈貓乘〉獻給愛貓的讀者。

筆者認為許地山的〈貓乘〉，是一篇具有學術性的動物小品。由於所搜羅的資料十分豐富，帶給讀者很多關於貓的智識。雖然全文長達一萬七千多字，但讀下去不僅無枯燥之感，反而令人覺得趣味盎然。可惜一般許地山選集都沒有選入這篇〈貓乘〉，大概是編選者認為這類作品不宜登大雅之堂，所以放棄不選。

現在筆者從〈貓乘〉中選錄數段，以供本報讀者欣賞：

（一）貓的名稱 —— 世人雖有「家貓為貓，野貓為狸」的說法，其實狸也都是被養熟了的。字書說：「狸是居里的獸，所以狸字從里」。名為貓是因：「鼠善害苗，而貓能捕之，去苗之害，故字從苗」。但對於貓字似乎還是象聲為多，所以《本草綱目》說：「貓有苗茅二音，其名自呼。」也許當時在一定的節期從田野間迎接到家裏來供養的稱為貓，平常養的才稱為狸。後來貓的名稱用開了，狸的名字也就漸漸給忘了。現在對於黑斑貓還叫做「鐵狸」，也可以說貓狸兩字在某一階段也是同意義的。

（二）貓的種類 —— 貓是最美麗最優雅的小動物。從來養牠的人們不一定是為捕鼠，多是當牠做家裏的小伴侶。普通的家貓可分為兩類，一是長毛種，一是短毛種。長毛貓不是中國種，最有名的是「金奇羅」（Chinchilla），牠的眼睛綠得很可愛。其次是「師莫克」（Smoke），牠有琥珀樣的眼睛。這兩種長毛貓在歐洲的名品很多，毛色多帶灰藍。還有一種名「達比士」（Tabbies），也很可貴。中國的長毛貓古時多從波斯輸入，所以也稱為「波斯貓」或「獅貓」。短毛貓各國都有，講究養貓的都知

道此中的優種是亞比亞尼亞種、俄羅斯種、暹羅種。亞比亞尼亞貓身尾腳耳都很長，顏色多為黑、褐，很少白的。俄羅斯貓眼帶綠色，毛細而密，為北方優種。暹羅貓多乳白色，頭腳尾褐色，寶藍眼。此外如英國的人島貓，屬於短毛類。牠的奇特處是沒有尾巴，像兔子一樣。

（三）選貓方法 ── 據《相貓經》說，選貓要注意以下各點：頭面要圓。耳要小而薄。眼要俱金錢的顏色。鼻要平直。鬚要硬而色純。腰要短。後腳要高。爪要深藏而有油澤。尾要長細而尖。聲要響亮。口要有坎。頂要有攔截紋。身上要無旋毛。肛要無毛。睡時要蟠而圓，要藏頭掉尾。

至於毛色方面，以純黃為上，俗稱「金絲貓」。其次為純白的名「雪貓」。再次的是純黑的叫「鐵貓」。褐黃黑相兼的名「金絲褐」。黃白黑相兼的名「玳瑁斑」。黑背白肢白腹的名「烏雲蓋雪」。四爪俱白的名「踏雪尋梅」。白身黑尾的名「掛印拖槍」。黑身白尾的名「銀槍拖鐵瓶」。白身而嘴邊有花紋的名「銜蟬奴」。通身白而有黃點的名「繡虎」。身黑而有白點的名「梅花豹」。黃身白腹的名「金被銀床」。白身黃尾的名「金籍插銀瓶」。白身或黑身而背有一點黃的名「將軍掛印」。身尾及四足俱有花斑的名「纏得過」。這些都是入格的貓。

（四）買貓契約 ── 古人所謂乞貓、聘貓、嫁貓、迎貓諸名，都是表示養貓如養女，一樣可以受聘。溫州風俗聘貓用醋，潮州用糖，廣州用瓦罐一個，內置片糖及利市。其他地方也許還有不同的聘物。

明朝人買貓，也當牠是人，要立契據的。在《發微曆正通書大全》裏有一張貓契稿本，契文說：

　　　行契是某甲將貓賣與鄰居某乙看鼠。面斷價錢若干，隨
契已交還買主。

　　　願如石崇富壽，如彭祖年高。千倉米自此巡無怠，鼠賊
從此捕。不害頭性並六畜，不得偷盜食諸般。日夜在家看守
物，莫走東畔與西邊。如有故逃走外去，堂前引過受笞鞭。

某年某月某日
行契人某某寫押

　　〈貓乘〉中還有不少精彩的記述，可惜限於篇幅，不能多錄以
饗讀者，這是筆者引以為憾的。

《星島日報‧星辰版》一九八〇年三月九日

許地山遺著《國粹與國學》初版

夏丏尊及其《平屋雜文》

一九三〇年一月，上海開明書店刊行一種雜誌，叫做「中學生」。創刊號出版後大受讀者歡迎，前後印了兩次，銷數共達三萬冊之多，成為出版界一大盛事。而這份雜誌的主編人就是夏丏尊。

夏丏尊又名勉旃，浙江省上虞縣人，清光緒十二年（公元一八八六年）出生。他早年在「上海中西書院」，「紹興府學堂」讀書，但都沒有畢業。後來向親友借了五百元前往日本留學，初在「宏文學院」就讀，不久轉入「東京高等工業學校」。但讀了不足一年，因領不到官費而家中又無力接濟，不得已中途輟學。

夏丏尊從日本返國後，歷任「浙江第一師範」、「長沙第一師範」、「上虞春暉中學」、「上海立達學園」、「南屏女子中學」教員。也擔任過「國立暨南大學」中國文學系主任，「上海開明書店」總編輯。

夏氏畢生從事教育及編著中學生課外讀物，對於教育、文化貢獻頗多。事實上夏氏並沒有在什麼學校畢業，也沒有領過一張文憑，他的學問全是靠刻苦自修成功的。

夏氏為人正直，待人真摯。他所結交的朋友如朱自清、葉紹鈞、豐子愷、章錫琛、劉薰宇等，後來都成為知己，始終情如手足。其中與葉紹鈞的關係更為密切，因為夏氏的次女阿滿嫁給葉家做媳婦，而彼此也就成為兒女親家了。

一九四六年四月廿三日，夏丏尊因肺病突然惡化，在上海寓邸逝世，享年六十一歲。

夏丏尊算是一位語文學家，也是一位兒童文學的翻譯家。他所遺留下來的著作與翻譯，大概有下列二十餘種。（一）編選：

《文章作法》（與劉薰宇合編）、《開明國文講義》、《國文百八課》（與葉紹鈞合編）、《十年》、《十年續篇》等（以上均為開明書局出版）（二）著作：《文藝論 ABC》（世界書店出版）、《文心》、《文章講話》、《閱讀與寫作》（以上均與葉紹鈞合著）、《憧憬》（與豐子愷等合著）、《給中學青年》（與金仲華等合著）、《中學各科學習法》（與林語堂等合著）、《讀書的藝術》（與朱自清等合著）、《平屋雜文》等（以上均為開明書店出版）。（三）翻譯：《近代日本小說集》（國木田獨步等原著）、《棉被》（田山花袋原著，以上均為商務印書館出版）、《六千里尋母記》（亞米契斯原著，少年兒童出版社出版）、《愛的教育》（亞米契斯原著）、《續愛的教育》（孟德格查原著）、《國木田獨步集》、《芥川龍之介集》（與魯迅等合譯）。《近代戀愛觀》（厨川白村原著）、《幸福的船》（愛羅先珂原著，以上均為開明書店出版）。

　　上面提及的《平屋雜文》，可以說是夏丏尊唯一的散文集。這本書是一九三五年十二月，由上海開明書店出版的。內容除了〈豐子愷漫畫序〉及〈鳥與文學序〉之外，收有散文三十一篇，都是曾經在《小說月報》、《文學》、《太白》、《一般》、《中學生》等雜誌發表過的。夏氏在自序中說：「集中收的文字，評論不像評論，小說不像小說，隨筆不像隨筆。近來有人新造一個雜文的名詞，把不三不四的東西叫做雜文，我覺得我的文字正配叫雜文。

　　「我對於文學的確如趙景深先生在《立報言林》上所說『不大努力』。我自認不配做文人，寫的東西既不多，而且並不自己記憶保存。這回的結集起來付印，全出於幾個朋友的慫恿，朋友之中慫恿最力的，要算鄭振鐸先生。

　　「長女吉子，是平日關心我的文字的，她曾預備替我做收集的工作。不幸今年夏天竟病亡，不及從她父親的文集裏，再讀他父

親的文字了。」

　　夏氏的散文樸實無華，不重雕琢，故以平易近人見稱。現在筆者從《平屋雜文》中隨意摘錄給大家欣賞。

　　〈我之於書〉：「我生活費中至少十分之一二是消耗在書上的，我的房子裏比較貴重的東西就是書。我向無對於任何一問題作高深研究的野心，因之所買的書範圍較廣，宗教、藝術、文學、社會、哲學、歷史、生物，各方面差不多都有一點。最多的是各國文學名著的譯本，與本國古來的詩文集。

　　「我不喜歡向別人或圖書館借書。借來的書，在我好像過不來癮似的。必要是自己買的才滿足，這也可謂是一種佔有的慾望。買到了幾冊新書，一冊一冊地加蓋藏書印記，我最感到快悅的是這時候。

　　「我雖愛買書，而對於書卻不甚愛惜。讀書的時候，常在書上把我所認為緊要的處所標出。線裝書概用筆加圈，洋裝書竟用紅鉛筆劃粗粗的線。經我看過的書，統體乾淨的很少。」

　　〈幽默的叫賣聲〉：「每日下午五六點鐘，弄堂口常有臭豆腐乾擔歇著或走著叫賣。擔子一頭是油鍋，油鍋裏現炸著臭豆腐乾，氣味臭得難聞。賣的人大叫『臭豆腐乾』！『臭豆腐乾』！態度自若。

　　「我以為這很有意思。『說真方，賣假藥』，『掛羊頭，賣狗肉』，是世間一般的毛病。以香相號召的東西，實際往往是臭的。賣臭豆腐乾的居然不欺騙大眾，自己叫臭豆腐乾的居然不欺騙大眾，自己叫臭豆腐乾，把『臭』作為口號標語，實際的貨色真是臭的。如此言行一致，名副其實，不欺騙別人事情，恐怕世間再也找不了吧？我想。『臭豆腐乾』這呼聲在欺詐橫行的現世，儼然是一種憤世嫉俗的激越的諷刺！」

《平屋雜文》其中可讀的文章相當多。可惜這本書早已絕版，希望本港出版商能夠重印，使年青一輩也有機會閱讀夏氏的散文。

《星島日報・星辰版》一九八〇年四月九日

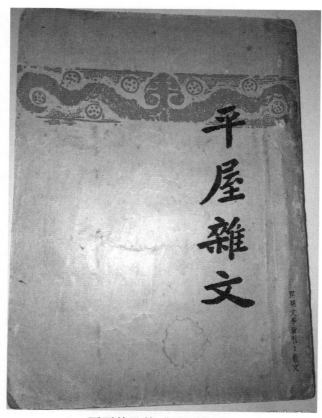

夏丏尊及其《平屋雜文》

《中國近現代叢書目錄》閱後

《中國近現代叢書目錄》是一九八〇年二月，香港商務印書館出版的。據卷首介紹：

> 本書由上海圖書館工作人員，歷時一年又三個月：從館藏舊平裝書中，逐冊尋檢整理編輯而成的。收一九〇二年至一九四九年出版的中文叢書五五四九種，子目三〇九四〇條。

本書厚達九四六面，如果從頭到尾閱讀一次，是很花費時間的，相信大多數讀者都是約略翻閱一下便把它放置架上，需要時才拿來參考。

由於筆者對於新文學方面較有興趣，因此選取本書有關新文學的叢書為對象，把範圍縮小起來。經過略讀之後，覺得大體上還算齊備，但發現有部分漏列之書目，以及遺而未收的叢書。茲就筆者所知略舉一二於下。

(A) 部分漏列之書目：

(1)「申報叢書」（見本書三五四頁）列有《日本戰時經濟》等四十種。漏列第四十一種：《該撒大將》（莎士比亞著，王平譯）。

(2)「俄國名劇叢刊」（見七六三頁）列有《欽差大臣》等八種。漏了《公子哥兒》（方魏金著）、《智慧的悲哀》（格里波葉多

夫著)、《鄉居一月》(屠格涅夫著)、《苦命》(辟瑟孟斯基著，以上均芳信譯)。

(3)「群益文藝小叢書」(見九三四頁)列有《愛彌兒》等三種。漏了《少年遊》(哥德等著，劉盛亞譯)。

(4)「文壇叢書」(見二七七頁)列有《芙蓉山下》等二種。漏了《夜漫漫》(盧森著)、《鬼屋人蹤》(李金髮著)、《理想的追求者》(雪倫著)、《覆滅》(李勵文著)、《獄中花》(楊詠新著)、《人的文學》(余秋子著)、《寫在月落的窗下》(陳容子著)、《妙福寺》(羅昔著)、《湖呢？海呢？》(李若川著)、《黑色的日子》(向曙著)。以上屬於該叢書第一集，尚有第二集因篇幅關係從略。

(5)「人間文叢」(見一七頁)列有《天亮了》等六種。漏了《清明小簡》(黃茅著)、《在呂宋平原》(杜埃著)、《蝸樓隨筆》(夏衍著)、《新綠集》(鍾敬文著)、《初陽》(華富著)、《詩歌雜論》(林林著)、《堅定的人》(戴夫著)。

(6)「人間時叢」(見一八頁)列有《戰鬥的韓江》等二種，漏了《野火集》(金帆著)、《鴛鴦子》(樓棲著)。

(7)「人間小譯叢」(見一七頁)列有《鹽場上》一種。漏了《造物者悲多芬》(陳實譯)、《月下人影》(林倫彥譯)、《織工歌》(林林譯)、《博鬥》(陳實、秋雲合譯)、《史大林的女兒》(楊嘉譯)。

(8)「求實文藝叢刊」(見五二六頁)列有《二鴉雜文》等三種，漏了《老秀才》(蔣牧良著)、《在崗位上》(秦似著)。

(9)「萬人叢書」(見五八頁)列有《小城三月》等四種。漏了《新文藝運動簡史》(馮乃超著)、《創作的修養》(周鋼鳴著)、《劉半仙遇險記》(谷柳著)、《巾幗英雄傳》(白朗著)、《在外

國監獄裏》（王任叔著）。

(10)「新中國兒童文庫」（見八八一頁）列有《大笨象遊行記》一種。漏了《帶燈的人》（胡仲持譯）、《俄羅斯童話》（黃藥眠著）、《畫家的故事》（黃茅著）、《中國五十年》（孟超著）、《電影的秘密》（韓北屏著）。

(11)「文藝理論叢書」（見二七一頁）列有《論文學中的人民性》一種。漏了《論中國文學革命》（瞿秋白著）、《論人民的文學》（馮乃超著）、《生活與美學》（周揚譯）、《論文化與藝術》（蕭三譯）、《馬克思主義與文學》（周揚譯）。

(12)「民主文庫」（見三八八頁）列有《戰後世界政治地理講話》等二種。漏了《四大自由》（胡仲持著）、《現代中國的社會背景》（黃藥眠著）、《民主的人生觀》（周鋼鳴著）、《人民世紀》（沙溪著）、《中國民主運動史話》（晨曦著）、《民主文藝的道路》（陳閑著）、《人民的聲音》（黃寧嬰著）、《成長》（司馬文森著）、《貧瘠的土地》（易鞏著）、《碧血青燐》（懷湘著）、《小黑子失牛記》（胡明樹著）、《鐵樹開花》（華嘉著）、《小間諜》（樓棲著）、《少年英雄》（蘆荻著）、《大蘿蔔》（加因著）。

筆者認為本書雖有多少遺漏之處，但這是任何工具書所難以避免的事。不過，編者如發覺某一種書中的書目尚未齊全，應該加以注明，以免讀者誤會以為該叢書只有所錄幾種而已。

(B) 遺而已收叢書：

(1)「文學小叢書」——沈仁雯主編，一九四五年上海出版社發行。已知出版有：《鬼火》（李之華著）、《文學與性描寫》（譚正璧著）。

　　（2）「南方文藝叢書」——谷柳主編，一九四七年香港南方書店印行。已知出版五種：《馬騮精》（江萍著）、《二伯父恩仇記》（秋雲等著）、《小團圓》（陳殘雲著）、《珍茜兒姑娘》（秦牧著）、《新獨幕劇選》（秋雲等著）。

　　（3）「南國袖珍文藝叢書」——胡明樹主編，一九四八年香港南國書店出版。已知出版第一輯計六種：《江文清的口袋》（胡明樹著）、《牆》（谷柳著）、《最初的羽毛》（周為著）、《賤貨》（秦牧著）、《奔流》（許稺人著）、《學士帽子》（紫風著）。

　　（4）「萬人社叢書」——胡春冰主編，一九三〇年廣州泰山書店發行。已知出版：《萬人文學》（胡春冰著）、《二十世紀的戲劇》（馬彥祥著）、《七八戲劇集》（胡春冰著）、《四月裏的薔薇》（厲厂樵著）、《未央曲》（胡春冰著）、《蔓蘿小姐的皮鞋》（厲厂樵著）。

　　（5）「萬人戲劇叢書」——胡春冰，趙如琳主編，一九三一年廣州泰山書店發行。已知出版十一種：《轉形期的戲劇》（春冰著）、《歐美名劇王牌》（春冰輯譯）、《當代獨幕劇選》第一二集（如琳譯）、《最近兩年來的歐美劇壇》（春冰編）、《世界十大金優浪漫央》（唐叔明譯）、《一九三〇至一九三一年的世界劇壇》（如琳編）、《近代劇精華》（春冰著）、《舞台藝術論》（如琳譯）、《戲劇原理》（如琳譯）、《界》（何礎，何厥著）。

　　（6）「開明文學新刊」——主編人未詳，上海開明書店印行。大約於一九二八年間開始出書。已知出版小說、散文、詩歌、戲曲等四十餘種。葉紹鈞的《倪煥之》、朱自清的《背影》、豐子愷的《緣緣堂隨筆》、臧克家的《烙印》、周貽白的《花本蘭》、李廣田的《詩的藝術》，都是屬於這套叢書的。其中大部分是再版多次的暢銷書，難道上海圖書館一本也沒有收藏？而《叢書目錄》竟

未列入，這實在是一般人所意料不到的。

　　　　　　　　《明報》一九八〇年四月十五日

譯有十五種文字的一本書
——《我的母親》著者盛成

(一)

　　一九二八年六月，巴黎「亞丁皆印書局」出版了一部法文本《我的母親》。著者並非法國人，而是中國留法學生盛成。這是一部真實的傳記，著者把自己的母親作為中國社會的主角，描寫六十年來中國社會的演進。書中對於生死興亡，忍苦耐勞，家庭慘變，社會改革，都有詳細的敘述。本書出版後大獲好評，認為是中國民族意識的代表作品；因此被譯成英、德、日等十五種文字，行銷世界各地。

　　一九二九年二月十八日，天津《大公報》的「文學週刊」發表一篇吳宓（雨僧）介紹《我的母親》的文章。茲摘錄於下：

　　　　盛成著《我的母親》，全篇分為（一）盛成君小傳。（二）自傳之宗旨。（三）全書之結構。（四）法國人對本書之評論。（五）本書內容撮要。

　　　　去年秋冬間，吾國留法學生常說，曾以法文作成自傳一冊，曰《我的母親》，在法國出版。其書有法國著名文人「韋拉里」作序，稱譽備至，兼之材料新穎，故出版後在法國大為風行。

　　現在再看看盛成的一篇〈我怎樣寫我的母視〉（輯於一九三四年，上海生活書店出版的《我與文學》）：

　　我的母親兒時失恃，少年守寡，五十後又喪長子。受盡社會苦辣酸鹹，好多年都不曾餐過一飽，終日在債裏度日子。

　　她的「地獄」是人間地獄。她的「火海」是人間火海。她的「樂園」是人間樂園。她整個的人，是物質的。她整個的意志，是精神的，她訴苦是有音節的。她守寡，她教子，她忍餓，她負債。是《罪與罰》中民族意識底美質，不生不滅的！

　　上面提及盛老太太的長子，就是盛成的胞兄盛延祺（字白沙），為海軍少將，曾擁護孫中山南下。當時任駐汕海軍艦隊指揮官，兼汕海軍艦艦長。於一九二三年四月四日殉難，乃被吳佩孚勾結陳烱明買兇溫樹德所殺。

　　法文本《我的母親》後來由盛成譯為中文，交由上海中華書局出版。這本書絕版已久，也沒有重印，因此目前難得一見。

（二）

　　《我的母親》著者盛成，江蘇省儀徵縣人，一八九八年二月六日出生。

　　一九一九年十月，盛成乘搭「銳修斯」號輪船由上海前往法國，準備做一個勤工儉學生。一九二〇年二月，抵達巴黎。他寄居於「華法教育會」（主辦人是李石曾），當時因為「布棚」（設備簡陋的宿舍）滿了額，只好睡在地板上。他每天都外出找工作，希望做工積蓄一些後，就可以進學校讀書了。

　　不久，盛成接到他大哥白沙匯來一筆數目不多的款項，於是

考入「萬多門中學」（名作家巴爾札克也曾在這間學校就讀）唸法文和數學。後來他用完了大哥的匯款，迫得重返巴黎，在一間木廠當搬運工人。

一九二一年，盛成入「法國蒙白里農業專門學校」攻讀蠶桑業一科。當時他拜法國著名田園詩人白理愛做誼父，高倫夫人為誼母，于格儒碧茜夫人（白氏長女）為誼姊。他在蒙白里讀書的費用，大部分由這位誼姊供給。

一九二二年，盛成前往意大利，在「巴都國立蠶事場」蠶業應用生理科肄業。六個月後學習期滿，同學中他的成績名列第一，獲得頒發最榮譽的高等蠶業優異證書。

一九二三年初，盛成返回巴黎，入「蒙白里」理科大學深造。畢業後擔任「國立高等農業專門學校」蠶事科教授，兼實習主任。

一九二六年，盛成應法國著名作家羅曼羅蘭邀請，前往瑞士出席「萬國婦女自由和平促進會」所召開的被壓迫民族大會，世界各國都派代表參加。散會後，羅曼羅蘭與盛成一起在花園中散步，羅氏對盛氏說：「我們是相交七年的朋友，現在我有幾句話對你說，就是你要把革命的途徑認識清楚。千萬不要走錯了路，那就太可惜了。」盛成聽了這番忠告，心中非常感動。

一九二七至二八年，盛成在「巴黎大學中國文化院」當了兩年教授。於一九三〇年十月乘搭「太威來」號輪返抵上海，結束了在海外工讀十年的生活。

盛成回國後，有一個時期在「北京大學」教書。抗戰初期他流亡到武漢，一九三八年三月，「文協」在漢口成立，他當選為常務理事。後來武漢淪陷，他前往桂林和重慶。勝利後以至大陸解放初期，他一直在幾間大學當教授。目前如果他尚健在，今年應該是八十二歲了。

（三）

　　盛成雖是一位蠶桑學專家，但他在文學方面也有多少成就。其著譯除了《我的母親》之外，尚有下列四種：

　　（一）《海外工讀十年紀實》（一九三二年，中華書局出版）是一部著者的自敘傳。記述一個勤工儉學生，在法國艱苦奮鬥十年，終於成名的經過情形。

　　（二）《意國留踪記》（一九三四年，中華書局出版）內容描寫著者在意大利時，結識一位露意莎小姐，彼此由同學而相愛。但因宗教、種族等等問題，遭女方家長反對及破壞，終於無法結合。

　　（三）《村教士》（巴爾札克原著，一九四〇年中華書局出版）盛成在〈譯者序言〉中說：

　　　　巴氏這本書是他直刺人心掘出而埋藏，極難下筆之作。

　　（四）《巴黎憶語》（一九五七年，亞洲出版社出版）是著者留學法國時所見所聞的回憶錄。收「巴黎憶語」十八篇，「人物評介」十篇。

　　　　　　　　　　《星島日報·星辰版》一九八〇年五月十八日

盛成的《我的母親》

李長之的《詩經試譯》
把詩經譯成現代口語

　　著名文學史家，文學批評家李長之，於一九七八年十二月十三日在北京病逝，終年六十九歲。李氏原名長治，又名長植，後來終於改用長之為名。他是山東省利津縣人。一九三六年畢業於清華大學。歷任雲南大學、重慶大學、中央大學、北京師範大學教授。

　　李長之學問淵博，一生著述不少。主要作品有《魯迅批判》、《道教徒的詩人李白及其痛苦》、《文藝史學與文藝科學》、《中國畫論體系及其批評》、《司馬遷之人格及風格》、《中國文學史略稿》等，都是富有學術價值的著作。

　　不過，筆者比較喜歡李氏另一作品《詩經試譯》。雖然郭沫若、陳子展、汪原放、余冠英、趙浩如等人，也曾譯過《詩經》，而且各有其特色。但李氏採用中國民間形式，把深奧難以了解的詩句，譯成現代口語文字。

　　《詩經試譯》是一九五六年九月，由上海古典文學出版社出版的。李長之從《詩經》三百零五首中，選出具有代表性的四十五首，然後翻譯並加以注釋。李氏在後記中說：

　　　　好久沒有寫詩了，翻譯也等於寫了詩吧 —— 雖然未必是成功的詩，然而自己還是有寫詩以後的高興的。把這工作完成，只作為和愛讀《詩經》的朋友們共話，權當在斗室中作一夕之談而已。

現在抄錄一首〈出其東門〉（鄭風十九）給大家欣賞。

原詩：

出其東門，有女如雲，
雖則如雲，匪我思存。
縞衣綦巾，聊樂我員。
出其闉闍，有女如荼。
雖則如荼，匪我思且。
縞衣茹蘆，聊可與娛。

譯詩：

出了那個城東門，
瞧見成群女人像彩雲；
成群女人像彩雲；
就是繫不住我的心。
白綢褂兒青圍巾，
我還是愛我那窮女人。
一走走到大集上，
瞧見大幫女人像鮮花；
大幫女人像鮮花，
我也不去思念她。
白綢褂兒紅圍巾，
我還是愛我那窮女人。

　　《詩經試譯》是喜愛古典詩歌者應讀的一本書，因為它可以幫助你欣賞和了解《詩經》。

《明報》一九八〇年七月四日

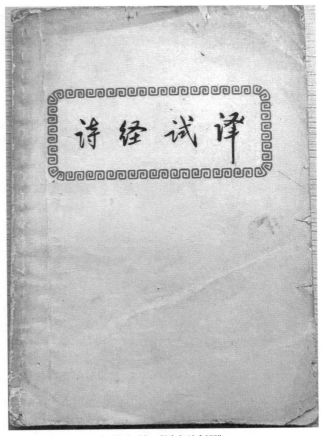

李長之的《詩經試譯》

談三本新文學參考書

最近有一位親戚遊覽北京回來帶了三本書送給筆者。（一）《中國文學家辭典現代第一分冊》（定稿）、（二）《中國文家學辭典現代第二分冊》（徵求意見稿）、（三）《六十年文藝大事記》（未定稿），這三本書都是研究新文學相當重要的參考資料。筆者約略翻閱之後，認為幾點是應該提出來談談的。

(一) 關於《現代第一分冊》

《中國文學家辭典現代第一分冊》（定稿），在香港雖未見過原版本，但書店卻有翻印本出售。筆者早已買了一冊，因此知道是「北京語言學院」、「中國文學家辭典編委會」合編的，於一九七八年六月編成。共選錄作家四〇五人。經過一年又六個月徵求意見，定稿本終於在一九七九年十二月，由四川人民出版社出版。印數為十八萬五千冊，定價每本人民幣一元七角五分。全書計六二四面，共選錄作家四〇四人。較之徵求意見稿少了一人，經核對後，發覺定稿本抽出女作家「陶萍」。（原名「吳宗瑞」，曾用筆者「吳倩」，天津人）但為何原因刪去「陶萍」，則未見說明。至於編委十一人，編輯十四人，兩種版本的名單全部沒有變動。不過，作家內文則略有更改。例如姓氏列入七劃的吳天，徵求意見稿所記為：「一九一二年陰曆七月十五日生」。而定稿本則改為：「一九一二年八月廿七日生」。事實上兩種說法都沒有錯，只是把陰曆伸算為陽曆而已。

又吳天傳記最後一段：「現在正致力於《繅絲女》的修改。」

徵求意見稿本接下去還有一段說明：「這是描寫大革命時期，我國南方某城市工人階級的成長。黨領導下的工農運動的蓬勃興起；和他們同大資產階級，土豪劣紳鬥爭的長篇小說。」但定稿本卻將這一段說明全部刪掉。

(二) 關於《現代第二分冊》

　　《中國文學家辭典現代第二分冊》（徵求意見稿）於一九七九年五月編成。因為尚未定稿，所以未有定價，也沒有透露印數。編委只有十人，較之第一分冊少了一位「武柏索」。編輯十四人，人數雖無增減；但第一分冊原有的編輯「王希增」退出，由另一位「張開信」補上。

　　本分冊計八〇八面，比第一分冊增加了一八四面，選錄的作家共五八二人，比較第一分冊多了一七八人。其中老一輩的作家有：于賡虞、馬彥祥、王任叔、豐子愷、孔另境、馮乃超、馮文炳、馮雪峯、田仲濟、朱湘、朱雯、伍蠡甫、孫福熙、陽翰笙、汪靜之、沈從文、麗尼、李長之、李劼人、李健吾、楊晦、何家槐、陳翔鶴、蕭軍、蕭乾、張駿祥、林語堂、周文、周貽白、羅念生、金克水、金滿成、施蟄存、歐陽予倩、趙家璧、駱賓基、柔石、袁水拍、顧仲彝、梁宗岱、焦菊隱、傅東華、傅雷、蒲風、樓遹夷、熊佛西、黎烈文、劉以鬯、穆木天等。屬於早期女作家有：白薇、廬隱、楊絳、陸晶清、陳學昭、羅洪、趙清閣、凌叔華、袁昌英等（其餘從略）。

　　因為本分冊目前香港仍無法買到，也未見有翻印本出售；所以筆者先將知名度較高的老作家抄錄出來，以供愛好新文學人士參考。

筆者發現本分冊中有若干錯誤之處：例如二七五面 —— 麗尼。內文有兩段記述：（一）「一九六五年調廣州濟南大學任中文系教授。」（二）「一九七八年九月十四日，濟南大學在廣州舉行追悼會，為他平反昭雪」。以上兩次所提及之「濟南大學」，均屬錯誤。事實上廣州只有「暨南大學」，並無「濟南大學」，這是編輯疏忽之處。大概因為「濟」與「暨」兩字國語讀音相同，以致寫錯了同音異字。又麗尼有一本散文集《江之歌》（上海天馬書店出版）以及一本翻譯的小說《陰影》（上海新時代書局出版），傳記文中似乎均未提及。

又七四四面 —— 傅東華。在姓名之後未列生卒日期（其他已故作家照例均有注明），而內文亦無提及傅氏已死。因此讀者以為傅東華目前仍健在。事實上傅氏已於多年前逝世。徐鑄成先生有一篇〈傅東華 —— 一個被遺忘的人〉（發表於今年一月十二日本港《文匯報》副刊，文中有句云：「提起《辭海》，總使我懷念逝世多年的一位老朋友 —— 傅東華先生」，這就足以證明了。而本分冊編輯對傅氏的死訊，竟完全不知，可見事前沒有做好準備功夫 —— 調查，否則當不致出錯。希望查明傅氏逝世日期，於將來定稿時改正。

平心而論，《中國文學家辭典現代第二分冊》，可以說是目前資料比較豐富，記載比較翔實的新文學作家傳記書，雖然其中仍有多少錯誤，如果編者能夠審慎從事，許多錯誤都是可以避免的。

（三）關於《六十年文藝大事記》

《六十年文藝大事記》（未定稿）是由「第四次文代會籌備組起草組」及「文化部文學藝術研究院理論政策研究室」合編的，

於一九七九年十月編成。全書共二六六面，卷首有〈前言〉一篇，
敘述本書編寫的經過：

> 這本六十年文藝大事記，是在第四次文代會起草報告
> 的過程中編成的，為了回顧歷史，總結經驗，起初編了一份
> 解放後十七年文藝大事索引，印了幾百冊。那是在幾天裏匆
> 促趕編的，十分簡略，且有許多遺漏。後來，為了深入的研
> 究工作準備資料，我們作了大量增補。把時間上溯到五四運
> 動，下續到一九七九年五月底，而成為今天這一大事記。（下
> 略）

本書記載六十年來文藝界發生的大事，舉凡團體成立、重要
會議、著譯出版、雜誌創刊、論文發表，作家逝世等，都詳細紀
錄下來，極具參考價值。

筆者未得到本書原版本之前，已在本港書店買了翻印本（定
價卅八元，折實亦須二十餘元。而原版本雖無定價，但在北京只
要人民幣一元就可以買到，可見本港翻印書利潤之高）筆者會將
兩種版本對照一下，內文完全相同。不過，翻印本把卷首的一篇
〈前言〉刪掉。而出版者居然印上「中國現代 XX 研究中心」，使
未見過原版本的讀者，以為是他們的「研究中心」編印。現在筆者
將原版本的封面影印刊出，讓大家看看這本書的真正面目。

刊於《明報》一九八〇年七月二十二日

《中國文學家辭典現代第一、第二分冊》書影

《六十年文藝大事記》書影

駱賓基短篇小說選
作者要再提筆創作

　　筆者近日向朋友借了一本《駱賓基短篇小說選》，這是今年（一九八〇年）五月由人民文學出版社出版的。屬於北京第一版，湖北第一次印刷，印數為八萬冊，每本定價人民幣一元一角五分。據筆者所知，這本書尚未運銷香港。

　　本書雖然是最近出版的，但並非駱氏的新作品；而是由人民文學出版社選自駱賓基一九四二年至一九六二年的舊作。全書計五一〇面，共收短篇小說二十一篇。目錄依次是：〈老女僕〉、〈鄉親 —— 康天剛〉、〈紅玻璃的故事〉、〈北望園的春天〉、〈一九四四年的事件〉、〈一個坦白人的自述〉、〈由於愛〉、〈馬小貴和牛連長〉、〈張保洛的回憶〉、〈王媽媽〉、〈夜走黃泥崗〉、〈年假〉、〈交易〉、〈父女倆〉、〈老魏俊與芳芳〉、〈北京近郊的月夜〉、〈山區收購站〉、〈草原上〉、〈白樺樹蔭下〉、〈初冬〉、〈暴雨之後〉。

　　此外，卷首有〈我的創作歷程〉一篇，作者代序。這篇文章本來是駱賓基一九七九年十二月在一次座談會上的發言稿，後來再經修訂整理而成的。書後附有一篇〈六十自述〉，是駱賓基一九七七年十月所寫的自傳，當年駱氏正是六十歲。

　　本書所選的二十一篇小說，雖然都是駱氏的舊作；但寫作的年代不盡相同，正好讓讀者來判斷一下。駱氏在過去二十年中，前後期所寫的小說內容與技巧究竟有沒有進步？

　　駱賓基原名張君璞，今年六十三歲。祖籍山東省平度縣，他本身卻誕生於吉林省琿春縣，因此被稱為東北作家，他的主要作

品計有：《邊陲綫上》、《北望園的春天》、《幼年》、《吳非有》、《罪證》、《姜步畏家史》、《張保洛的回憶》、《年假》、《老魏俊與芳芳》、《山區收購站》（以上均為小說）及《蕭紅小傳》等。

到目前為止，駱賓基已十多年沒有寫小說了，因為他致力於另一門學術的著作（金文新考）。已完成初稿的計有：《典籍集》、《貨幣集》、《兵銘集》、《人物集》等四種，共約四十萬字。

不過，他在〈六十自述〉文中曾經透露：「準備重新開始已經間隔了十年以上的文學創作」。相信讀者們一定希望駱氏的新作（小說），能夠早日完成問世。

刊於一九八〇年七月二十九日《明報》

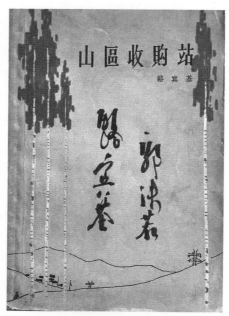

駱賓基的《山區收購站》

記劇作家吳天

（一）

林萬青在其所著《中國作家在新加坡及其影響》（一九七八年十二月，萬里書局出版）的「前記」中說：

> 論文第三章提到的吳天，在六十年代已去世了。這是最近讀到樓滿嵐的一篇〈不老的趙丹與黃宗英〉（一九七八年十月，《鏡報》第十五期）才知道的。

筆者認為上述的消息可能是傳聞之誤，因為到目前為止，尚未有其他報導提及吳天已經逝世。至於筆者推斷吳天未死，是基於下列的理由：

（一）電影女編導黃宗英在《當代文學》季刊第三期（一九七九年九月出版）發表一篇電影文學劇本《紅燭》（即聞一多傳記），並附錄〈紅燭之由來〉一文，其中有一段提及：

> 《紅燭》是根據吳天同志六十年代初發表的電影劇本《拍案頌》來展開的：《拍案頌》是個很好的電影劇本，當年我曾與吳天同志書來電往，相約扮演劇中人物……痛心的是：原作者吳天同志受四人幫法西斯文化專政之摧殘，已失去了思維的能力。

（二）《中國文學家辭典現代第一分冊》（一九七九年十二月，

四川人民出版社出版）第二八五面 —— 吳天傳記最後一段記述：

　　　文化大革命後，在廣東省文聯和廣州作家協會從事專業
創作，現在正致力於長篇小說《繅絲女》的修改。

　　（三）筆者有一位姓林的朋友（也是吳天的朋友），今年二月
間從新加坡到北京遊覽。回來經過香港時，特地告訴筆者關於吳
天的消息。據說他在北京找到一位姓王的朋友，因此知道吳天的
太太早已病逝；而吳天卻認識了一位戲劇學校的女生，隨即展開
熱烈追求，不惜把歷年積蓄都花在她身上，以博取她歡心。由於
彼此年齡相差太大，而且這位女生也不是真心相愛，終於移情別
戀。可憐吳天一片痴心結果弄得人財兩空；因此大受刺激，以致
神經失常，據說後來吳天已被送往廣州近郊療養。

　　根據上述三點，可以證明吳天未死。至於報導他已於六十年
代逝世，筆者認為大概是傳聞之誤。

（二）

　　劇作家吳天，今年六十八歲江蘇揚州人。原名洪為濟，又
名洪為忌。筆名有葉尼、洪葉、馬蒙、違忌等。比較常用的只
有兩個，就是吳天，方君逸。他是上海美術專門學校出身的，
一九三五年前往日本深造，在東京加入「東流社」；並開始文學
創作，編寫了第一個劇本《洪水》（又名《決堤》）。

　　一九三六年至一九三八年間，吳天在新加坡擔任中學教員，
也當過《星中日報》副刊「星火」的編輯。後來並組織劇團，先後
演出曹禺的《日出》以及他自編的《傷兵醫院》等。

　　筆者認識吳天大約是一九三九年二月初，他與太太莉萊乘輪由新加坡抵達香港，帶了朋友黃君的介紹信來找筆者。知道他打算在香港逗留一個月，也了解他經濟情形並不好；因此筆者就安排他住在中環街市附近的「大觀酒店」，房租和膳食比較低廉，交通也方便。

　　吳天是中等身材。圓圓的臉孔，兩頰飽滿。粗粗的眉毛，襯托一對靈活大眼睛，樣貌有點像早期國語片男明星「舒適」。

　　這一趟吳天路經香港，順便替他們（吳天與新加坡作家鐵抗）主編的雜誌《文藝長城》邀約留港作家撰稿。先後由筆者陪同拜訪過許地山、葉靈鳳、戴望舒、以及版畫家陳煙橋等。後來找到一位老朋友——漫畫家黃鼎（廣東人），因此陪伴拜訪作家的工作，就由黃鼎代替了筆者。

　　吳天夫婦是二月離港前往上海的。五月間筆者就收到吳天寄來第一期《文藝長城》（一九三九年四月出版，麗水大時代書局發行）。這本雜誌是十六開本，封面秀麗大方，大概是吳天自己設計的。內文版式的編排也不錯，其他情形已記不清楚了，只記得《文藝長城》前後出了四期便停刊了。可惜香港淪陷時，筆者將一切雜誌都放進火爐燒掉，包括《文藝長城》在內。

　　一九四一年太平洋戰爭爆發之後，筆者與吳天就失去了聯絡。抗戰勝利後，雖然知道吳天與于在春曾在上海主編《文章》月刊（一九四六年一月創刊，永祥印書館出版，只出四期便停刊了）。也知道吳天當過「上海市立實驗戲劇學校」校務主任（校長是顧仲彝）。大陸解放後，筆者從報刊獲知吳天曾在北京、長春的電影機構工作，最後調到廣州珠江電影製片廠當編導。但筆者始終沒有跟他聯絡，也不想跟他通信。由於彼此處境不同，恐怕惹起麻煩。

（三）

吳天在戲劇界一向有「鬼才」之稱，因為他編寫劇本不但時間快捷，而且能夠保持相當水準。四十年代可以說是他寫作最旺盛的時期，大部分的劇本都是這段期間內完成的。現在筆者將其創作及翻譯分類列出，以供愛好戲劇人士參考。

創作——（一）劇本：《沒有男子的戲劇》（麗水潮鋒出版社）、《海戀》（上海國民書店）、《海內外》（上海珠林書店）、《銀星夢》、《滿庭芳》、《離恨天》、《花弄影》、《紅豆曲》（以上為上海世界書局）、《春雷》（上海開明書店）、《紅樓夢》（上海永祥印書館）、《家》（上海潮鋒出版社）、《清流萬里》（集體創作，上海新群出版社）、《春歸何處》（上海潮鋒出版社）、《無獨有偶》（上海開明書店）。（二）散文：《懷祖國》（上海萬葉書店）。（三）理論：《劇藝瑣話》、《編劇和導演》、《演員與演技》（以上為上海永祥印書館）、《劇場藝術講話》（上海潮鋒出版社）、《電影簡話》（中國電影出版社）。

翻譯——（一）理論：《演劇論》（上海潮鋒出版社）、（二）劇本：《希特勒的傑作》、《馬門教授》（以上為上海潮鋒出版社）。

《星島日報·星辰版》一九八〇年八月廿四日

吳天的《孤島三重奏》

吳天的《劇場藝術講話》

吳天翻譯的《希特勒的傑作》

名作家徐訏的一生

著名作家徐訏，因患肺癌醫治無效，於本月五日在律敦治醫院逝世，終年七十二歲。

「北大」哲學系出身

徐訏字伯訏，筆名徐于、東方既白，浙江省慈谿縣人。一九三一年，徐訏畢業於「國立北京大學」哲學系。但他沒有離校，轉入心理學系作研究生，繼續修業兩年。到了一九三三年，他才離開北京前往上海。

當時林語堂正在上海提倡「幽默」，徐訏一時高興嘗試寄稿給林氏主編的《論語》，不料竟先後登了出來。不久，徐訏的才華終於獲得林氏賞識，兩人也因此而建立了深厚的友誼。

一九三四年，林語堂另行創辦《人間世》半月刊，於是聘請徐訏擔任編輯。由於該刊文字全部採用仿宋體鉛字排印，每期刊有作家照片一幅，而且文章多由名家執筆；所以出版後大受讀者歡迎，前後出了四十二期。此外，徐訏在上海也主編過《天地人》半月刊、《作風》月刊。但這兩種雜誌銷路都不如理想，不久便停刊了。

一九三六年秋間，徐訏赴法國留學，在「巴黎大學」研究哲學，獲得博士學位，於一九三八年回國。

成名作：《鬼戀》

司馬長風在其所著《中國新文學史》（下卷）第廿六章中提及

徐訏的《鬼戀》說：

> 徐訏成名作是《鬼戀》，他寫此書時正在巴黎讀書。初稿
> 發表在《宇宙風》一九三七年元月及二月號，距七七抗戰爆
> 發僅五個月。適在大動亂的前夕，使人有生不逢辰之感。但
> 據蘇雪林說：抗戰期間，《鬼戀》在後方及上海，都大為風行。

《現代中國作家列傳》作者趙聰，對於徐訏的《鬼戀》也頗為
讚賞。現摘錄其評語如下：

> 鬼戀只一男一女兩主角，故事的詭譎離奇，使人驚異於
> 作者的想像豐富，把兩個虛構的人物，寫得栩栩如生……作
> 者的主旨在警喻當世，可是他發掘到人性的繁複深細處，已
> 經無以復加。表現手法是嶄新的，浪漫氣息很濃，描繪、刻
> 劃雖說寫實，卻都透著空靈……他脫出過去一切寫愛情的窠
> 臼，給人一新耳目；所以出版之後，立刻震驚文壇，成為那
> 一年全國出版三大暢銷書之一。

《鬼戀》印單行本時，徐訏特別寫了一首詩，刊於卷首作為獻
辭。筆者認為這首詩不但寫得好，而且含有哲理，值得抄錄給大
家欣賞：

> 春天我葬落花，
> 秋天我再葬枯葉，
> 我不留一字的墓碑，
> 只留一聲嘆息。

於是我悄悄的走開，
聽憑日落月墜，
千萬的星星隕滅。

若還有知音人走過，
驟感到我過去的喟嘆，
即是墓前的碑碣；
那他會對自己的靈魂訴說：
「那紅花綠葉雖早化作了泥塵，
但墳墓終長留著青春的痕跡，
牠會在黃土裏永放射生的消息。」

《鬼戀》從初版到現在，已再版數十次。這部中篇小說不但使徐訏一舉成名，也奠定了徐訏從事寫作的基礎。

教書生涯二十年

太平洋戰爭爆發後，徐訏從上海輾轉到了重慶，任「國立中央大學」師範學院國文系當教授。一九四四年，他受《掃蕩報》之聘，是任駐美特派員。徐訏在美國期間，除了替《掃蕩報》寫報導文章之外，還寫了不少詩。後來都輯入他的幾本詩集。勝利後，徐訏從美國返回上海，從事創作活動，直到大陸解放遂逃亡到香港來。初期他一方面參加「劍聖社」工作，一方面替幾家報紙雜誌撰稿，生活相當清苦。

一九六一年，徐訏應林語堂邀請前往新加坡，在「南洋大學」

任教，後來林語堂與校董發生意見，辭職不幹，徐訏只好離開新加坡返回香港。

　　一九六六年，徐訏分別在中文大學「新亞書院」、「浸會書院」擔任教職。一九七〇年，徐訏開始在「浸會書院」當中文系主任。到了一九七七年，晉升為文學院院長，直至今年八月才退休。

　　徐訏在香港定居已有三十年，除了教書、寫作之外，曾主編《熱風》半月刊、《筆端》半月刊，成績都不錯。徐氏自己也曾斥資創辦過《幽默》半月刊、《七藝》月刊。可惜銷路都不如理想，只出版了幾期，便中途夭折了。

一生著作超過七十種

　　徐訏的創作是多方面的，而且數量也不少，可以說是一位全能的多產作家。他一生遺留下來的作品，大約有七十餘種，先後分別由上海的「夜窗」、「懷正」、「珠林」、成都的「東方」、香港的「亞洲」、「友聯」、「創墾」、「大公」、「正義」、台灣的「黎明」等出版社或書局出版。現在筆者根據手頭資料，列出一份分類書目（初稿）。以供喜愛徐訏作品的讀者參考：

　　（一）評論：《在文藝思想與文化政策中》、《懷璧集》、《個人的醒覺與民主自由》、《街邊文學》、《門邊文學》、《場邊文學》。
　　（二）小說（包括長篇、中篇、短篇）：《鬼戀》、《風蕭蕭》、《吉布賽的誘惑》、《一家》、《精神病患者的悲歌》、《舊神》、《荒謬的英法海峽》、《爐火》、《期待曲》、《彼岸》、《阿拉伯海的女神》、《江湖行》、《幻覺》、《小人物的上進》、《燈》、《殺機》、《馬倫克夫太太》、《煙圈》、《神偷與大盜》、《有後》、《太太與

丈夫》、《父仇》、《痴心井》、《私奔》、《百靈樹》、《結局》、《時與光》、《傳統》、《女人與事》、《花束》、《悲慘的世紀》、《鳥語》、《婚事》、《盲戀》、《花神》。

（三）散文:《春韭菜》、《海外的情調》、《西流集》、《蛇衣集》、《成人的童話》、《傳薪集》、《海外的鱗爪》。

（四）詩歌:《四十詩解》、《時間的去處》、《待綠集》、《鞭痕集》、《進香集》、《燈籠集》、《借火集》、《輪迴》。

（五）劇本:《孤島的狂笑》、《兄弟》、《黃浦江頭的夜月》、《生與死》、《野花》、《母親的肖像》、《月亮》、《何洛甫之死》、《鬼戲》、《契約》、《燈屋集》、《潮來的時候》。

此外，尚有台灣正中書局出版的《徐訏全集》，輯錄徐氏著作，包括小說、詩歌、戲劇等。

《明報》一九八〇年十月十三日

徐訏的《鬼戀》

徐訏的《風蕭蕭》

徐訏手稿

老作家張天翼

著名小說作家，兒童文學家張天翼，今年已經七十五歲了。一九七五年以來，他受盡疾病的折磨，至今尚未康復，目前在北京療養。張天翼患的是腦血栓症，半身癱瘓，左邊手腳不能移動。言語機能受到阻礙，也無法講話。長期躺在床上，其精神與肉體的痛苦，實在無法形容。一九七八年初，沙汀與巴金曾去探望他，據沙汀在〈張天翼小說選集題記〉中透露：

> 當時張天翼已能夠說出一些簡單的語句，頭腦跟從前一樣靈敏，聽覺也很好，這從他的表情和反應就可以看得出來。就他整個健康情況和生活條件說，他終歸有一天會重新拿起筆來。

張天翼原名元定、別號一之、小名漢弟。筆名有張無諍、哈蚩迷、鐵池翰、張天翼等。他原籍是湖南湘鄉，卻在南京誕生。他年青時就已經喜歡看書了，對小說更加著迷，這與他後來愛好文學大有關係。他一生對於仕途毫無興趣。當時他的姊姊張默君，姊夫邵元冲；另外兩位姊夫蔣作賓、竺可楨，都是國民黨政府顯要。天翼想求一官半職，相信絕無困難。不過，他很有骨氣，情願過著澹泊的生活。

處女作《三天半的夢》

張天翼早期曾化名張無諍，寫了不少鴛鴦蝴蝶派小說，目的

是為了賺取稿費以彌補開支。到了一九二八年，他開始新文學創作，第一次用張天翼筆名，在魯迅主編的《奔流》發表處女作〈三天半的夢〉，從此他便走上新文學創作的道路。三十年代是他寫作最旺盛的時期，出版小說及童話，共有二十餘種之多。

　　文學批評家胡風在《作家論》中，對張天翼的作品評價頗高。他認為張氏的表現手法：單純、誇張、以及簡單的對比，有漫畫家的本領。同時指出張氏從來沒有把他的筆，用在「身邊瑣事」或「優美的心境」上面。

　　已故小說作家蔣牧良，生前寫了一篇〈記張天翼〉。文中提及張氏很有語言天才，除會說湖南鄉話之外，還懂得北平話、杭州話、揚州話、四川話，而且講得相當流利。張氏經常把民間語言運用到新文學作品裏，配合描寫各種各樣的人物，因此表現得特別生動，這是張天翼聰明之處。

　　遠在一九四二年間，張天翼也曾患了一次嚴重肺結核症。當時他停止工作，準備專心醫病；但因時局動盪，生活又不安定，雖然有病，也不得不隨環境變化而東奔西走。他先後到過重慶、成都、上海等地，最後才南下香港。

四八年底曾來港治病

　　張天翼是一九四八年十一月初到達香港的。當時從上海來港的作家，還有許廣平、何家槐、袁水拍、陽翰笙、楊晦等。文協香港分會於十二月十二日特別舉行一次歡迎會，招待這一班作家。樓適夷主持的「小說月刊社」，也舉行一次招待會，邀請他們到香港遊河。

　　張天翼在香港養病，初期是與蔣牧良一群人住在九龍荔枝角九華徑村，據說他們的生活費是由中共撥款維持的。其間張天翼

曾到澳門鏡湖醫院療養一個短時期，後來又返回香港。

　　一九四九年夏，平時負責照料張天翼的樓適夷，以及留港的一班作家，準備乘輪前往天津轉赴北京，參加全國文學藝術工作者代表大會。當時張天翼病況未見好轉，行動不便，需要留港醫治，所以不能跟他們一起走。於是樓適夷就把照顧張氏的責任，移交給龍良臣。龍先生與張氏既屬同鄉也是相識的朋友，當然義不容辭答應下來，龍先生為了方便照料，就請張天翼搬到九龍廣東道他家中居住。龍先生當時創辦一間「求實出版社」，社址也附設於家裏。「求實出版社」前後曾出版聶紺弩的《元旦》及《二鴉雜文》、黃藥眠的《論走私主義的哲學》、樓適夷的《四明山雜記》、蔣牧良的《老秀才》，都是頗有份量的好書。

　　當時替張天翼醫病的，是郭沫若所介紹的一位王醫生，郭與王是早在日本留學時就已認識的好朋友。大概郭沫若曾預先向王醫生提及張天翼行動不大方便，所以王醫生每次都上門診症，而且醫藥費也特別優待。經過王醫生盡力醫治，以及龍先生悉心照料，張天翼的肺病已逐漸好轉。終於在一九五○年五月間，離開香港前往北京。

在本港雜誌寫過寓言

　　張天翼這一次在香港醫病，前後逗留了一年又四個月。在這段期間內，他雖然沒有精力從事長篇創作，但也替香港兩家雜誌寫過幾篇寓言：

　　（一）〈寓言六則〉（一九四八年十月刊於《文藝生活》第四十二期）

　　（二）〈老虎問題〉（一九四八年十月刊於《小說月刊》第一卷
第四期）

　　（三）〈混世魔王〉（一九四九年一月刊於《小說月刊》第二卷
第一期）

　　（四）〈豬語錄〉（一九四九年二月刊於《小說月刊》第二卷第
二期）

　　（五）〈老虎問題續篇〉（一九四九年三月刊於《小說月刊》第
二卷第三期）

　　張天翼返回大陸之後，一直擔任「文聯」、「作協」、「人民文
學出版社」、「文學講習所」等機構工作，已經將近三十年沒有寫
小說了。至於兒童文學作品，也僅有收在《給孩子們》（一九五九
年九月，北京人民文學出版社出版）其中的七篇。

　　去年及今年，國內雖有出版兩本張天翼的著作，不過都是張
氏三十年代及四十年代的作品。現在分別介紹於下：

　　《張天翼小說選集》（一九七九年七月，北京人民文學出版社
出版）共收小說十二篇。選自一九三一年至一九三八年張天翼的
作品。沙汀在〈題記〉中指出：

　　　　儘管這本集子裏的作品，由於當時主客觀的條件限制，
　　存在著缺點和不足。但在它們那個年代，是起過進步作用
　　的，對於現在的小說創作，也還具有借鑑作用。

未完成的傑作《金鴨帝國》

　　《金鴨帝國》（一九八〇年七月，湖南人民出版社出版）屬於

長篇童話，是張天翼三十多年前的作品。抗戰時期，開始在湖南邵陽出版的《觀察日報》連載，大約經過一年多的時間，才登完第一、第二兩卷。其實這一部童話尚未終結，本來應該還有第三卷，甚至第四卷。由於當時張天翼病狀突然惡化，所以無法繼續寫下去。不料一直擱了幾十年，始終沒有續寫，成為一部未完成的傑作。

　　筆者記得以前曾聽龍良臣先生說過，張天翼返回大陸之後，有一次來信託他搜集刊登《金鴨帝國》的《觀察日報》，據說因為國內打算出版單行本。當時龍先生手頭湊巧存有連載《金鴨帝國》的整份報紙，於是全部寄給張天翼。

　　現在湖南出版的《金鴨帝國》，書末有一則〈附記〉，說明這本書是根據一九四二年一月至一九四三年十一月《文藝雜誌》所連載者重印，卻沒有提及《觀察日報》。

　　《金鴨帝國》究竟先在《觀察日報》連載，還是先在《文藝雜誌》刊登？這個疑問恐怕要請教張天翼本人，才能夠得到正確的答案。

《星島日報・星辰版》一九八〇年十一月二十日

張天翼《畸人集》初版封面書影

張天翼《春風》初版封面書影

東北作家齊同——高滔

李輝英編著的《中國現代文學史》，其中第十四章有一段提及東北作家齊同云：

> 齊同，吉林人，原名高滔。他該是最為後出的東北作家，論年紀僅次於穆木天。文字的休養，作品的質素，後來居上高過其他的東北作家。
>
> 他的長篇小說《新生代》本來擬寫三部的。第一部是《一二，九》，一九三九年出版後，被譽為文壇出現的彗星。全書描寫了北平青年學生的愛國運動，這樣反映偉大現實的抗戰題材的小說；假如能夠順利的完成，那將更可以預想到它的成就。因為僅只從第一部中，已經就給我們以不同凡響的印象了。

《新生代》（第一部）是四十年前生活書店出版的，原書早已絕版。一九七八年本港文教出版社據生活版重印，並將未經發表的第二部未完成稿約四萬餘字作為附錄。據重印本說明，《新生代》第二部是根據齊同太太傅立岑保存下來的手稿排印的。

由於李輝英先生的推薦，使讀者知道三十年代文壇上曾出現過一位優秀的作家齊同。而文教出版社自冒風險（新文學書銷路不多，有賠本的危險）重印《新生代》，使讀者有機會看到絕版已久的好書，這都是令人高興的事。

齊同第一本小說並非《新生代》，而是另一本短篇小說集，書名叫做《煉》。《煉》是一九三七年七月上海良友圖書公司印行

的，書為三十二開本，共有二六五面。收〈十二九前後〉、〈平凡的悲劇〉、〈風波〉、〈巡禮〉、〈狂人〉、〈中秋〉、〈煉〉七個短篇，其中大部分曾經發表於《文學》、《作家》等雜誌。大概當時齊同在文壇上還沒有什麼名氣，出版商對他缺乏信心；因此《煉》初版時印數只有一千冊，後來也未見再版，目前已成為罕見的絕版書。

《煉》中七篇小說，都是敘述發生於北方城市或鄉村的故事。齊同所塑造的人物，有大學生、農民、小販、綁匪、官僚等。書中有不少北方風土人情的描寫，對話也多採用北方口語，所以富有地方色彩，這是《煉》與眾不同之處。至於文字運用之簡潔、精當，更顯示出齊同在這方面的修養與功力。

除了《煉》及《新生代》之外，齊同曾自費印了一本他所編著的《近代歐洲文藝思潮史綱》。大概因為印數無多，而且流傳不廣，所以目前一般人都不知道有這一本書。

齊同早期比較喜歡翻譯工作，先後譯了幾部俄國文學名著：（一）《貴族之家》（屠格涅甫著，商務印書館出版，列為「文學研究會」叢書之一）、（二）《俄國短篇小說集》（托爾斯泰等著，生活書店出版）、（三）《白癡》（陀思退夫斯基著，文光書店出版。上下冊，與宜閑合譯）。

關於齊同的生平，一般作家傳記書都沒有提及。僅有本港文教出版社重印的《新生代》，封底刊有齊同簡介（並附相片一幀）：

> 齊同，原名高滔。一九〇二年生於吉林，一九五〇年一月十六日病故於廣西南寧。

雖然只有寥寥幾筆，卻是十分珍貴的資料。

此外，筆者在《我與文學》（鄭振鐸、傅東華主編，一九三四

年生活書店出版）看到高滔的一篇題為〈關於大眾文學的兩個疑問〉的文章，其中一部分是記述他的往事。

首先，他介紹自己的誕生地吉林：

> 我生在——不要提起吧，現在這地方在我們的思憶中似乎已是淡淡的影子了——中國北方的松花江畔。鬱鬱的樹林，層層的高山，在塞外，是足以夠得上山青水秀的條件了。然而，文化卻是落後的。

其次，敘述他接觸文學以及初試寫作的情形：

> 詩人徐玉諾先生也曾光顧過松花江，這時在這塊土地上，新詩也萌了芽。不久便有一些朋友們組織了文藝團體，發刊定期出版物。我在這時也只寫點小詩與散文隨筆一類的東西，換句話說，只是個人心境的描寫，與身邊印象的瑣記，是完全站在自我的立場的。

後來，他認為賣文不能維持生活，於是暫時放棄寫作，轉而學醫：

> 因於生活之走投無路，便去學醫。學醫雖是為了混飯吃，但是這時的思想確是有些變了。學詩不能解決麵包的饑荒，想像難填腸胃之空虛，我是俗人，我要活，想到人人都要活的問題；便是我對於社會科學研究興趣開展的時候，便是我放棄抒寫「身邊」的時候，雖然醫學也沒有研究好。這一期間雖放棄文學的寫作，卻沒有與之脫離關係，一直到社

會的命運將我投入人類的洪流。

抗戰時期，齊同到過貴陽與重慶，過的是流亡、教書、寫作的生涯，他的《新生代》就是在重慶北溫泉完成的。至於他到廣西南寧教書且定居下來，那大概是勝利後的事。齊同的作品未結集的，據筆者所知，計有：〈五四運動與中國文學〉（論文，一九三四年六月刊於《文學》二卷六期）、〈曇〉（小說，一九三六年五月刊於《文學》六卷五期）、〈小人物〉（小說，一九三七年五月刊於《文叢》一卷三期）。

　　　　　　　　　《星島日報‧星辰版》一九八一年八月十六日

齊同的《新生代》

高滔譯《貴族之家》

《藝術三家言》著者之一傅彥長

一九二七年十一月，上海良友圖書公司出版了一部《藝術三家言》。封面為深綠色配以銀色圖案及書名，是名畫家萬籟鳴所設計者。書為大三十二開本，共四百面，另附彩色及黑白圖片四十幅。卷首有徐蔚南序文。內容分上中下三卷，上卷為傅彥長專輯，中卷為朱應鵬專輯，下卷為張若谷專輯。本書自初版發行後，五十年來未見重印，因此倍覺珍貴。現在筆者先來談談本書著者之一傅彥長，其人其事。至於其他兩位著者，以後另文再談。

傅彥長筆名穆羅茶、包羅多。湖南省寧鄉縣人，生於一八九一年。上海「南洋公學」畢典後，再赴日本深造。回國後，在上海擔任《音樂界月刊》（一九二六年）及《前鋒月刊》（一九三〇年）編輯。傅氏主要作品除《藝術三家言》之外，尚有《五島大王》（小說集，開明書店）、《阿妹》（小說集）、《東洋史 ABC》、《西洋史 ABC》（以上為世界書局）等。

傅氏收於《藝術三家言》的文章，計有〈藝術之標準〉、〈中華民族有文化的時候〉、〈民族主義的藝術〉、〈藝術與時代精神〉、〈國人所應該走底藝術的大路〉、〈為人生而藝術的一個解釋〉、〈藝術文化之享受〉、〈民眾藝術的解釋〉、〈藝術教育〉、〈往藝術國的巡禮〉、〈藝術與科學〉、〈話劇與歌劇的建設〉、〈藝術與城市〉、〈努力進行的藝術思想〉、〈積極擴張中國藝術的方法〉、〈藝術上的道教主義〉、〈佛羅稜薩〉、〈托爾斯泰論〉、〈對於中國文化的一點私見〉、〈寄朱應鵬的信〉、〈研究中國音樂所應該有的態度〉、〈俄羅斯的民謠曲〉、〈國歌問題〉、〈對於國樂的一點私見〉、〈歐洲的歌劇〉、〈關於西洋繪畫有趣的報告〉、〈對於陳抱一先生個

人展覽會的意見〉、〈五月節的感想〉、〈伏德維兒〉、〈以色列之月〉、〈勃勒特船長〉、〈冰島故事〉等三十二篇。

因為篇目太多，無法逐一介紹，現在筆者只能摘錄〈國歌問題〉其中一段給大家欣賞：

> 國歌的歌辭當然是知道自己國家的應該寶愛，有人來侵犯就應該為國執干戈。至於囉囉嗦嗦的說上一大堆無用的廢話，把堯舜禹湯文武周公孔子的排頭一齊捐出來，把中華民國的物產開一篇詳細的帳目，把中華民族怕死的心理吶喊著，都是要不得的。
>
> 我對於過去所有的國歌一概不贊成。現在把我所擬的一首《紅血》寫在後面，因為我希望中華民國應該有像這一類的國歌。
>
> 從古以來／誰不曉得／我們中華的大名／以後永遠這樣／要靠／我們中華的百姓／常常用紅血／把我們的／中華民國洗得乾乾淨淨／只有乾乾淨淨的國民／好在世界上享著和平／

傅氏這首《紅血》雖然未能入選成為國歌，但把它作為諷刺詩看，倒也頗有意思。

據徐蔚南於本書序文中透露，在東京時，傅氏最欣賞當地女人的腳，他說日本少女的腳真是藝術品。後來傅氏回到上海還是念念不忘，於是寫了一首詩：

> 回想我在日本的時候／美術品我看見了不少／可惜記得都不清楚／只有一件不值錢的／使我現在還要想它／熱天好

天氣的晚上／我到街上去散散步／許多走路的女孩子／都赤
了腳／拖了草履／那種潔白／可愛／自然／要是我不到這裏
來／一世也不能享這眼福／

平心而論，傅彥長並非著名作家，一般作家傳記書當然不會
替他立傳，歷來報章雜誌也很少報導他的事蹟，因此目前要搜集
傅氏的資料實在相當困難。也許是筆者孤陋寡聞，到目前為止只
看到兩種書刊提及博氏而已。

其一是名詩人戴望舒所寫的〈跋山城雨景〉（按《山城雨景》
為羅拔高著的的小說集，一九四四年香港華僑日報出版），文中有
一段云：

　　　　二十年代中期，上海的文士每逢星期日，總聚集在北四
　　川虬江路角子上那間「新雅茶室」。談著他們的作品，他們
　　的計劃，或僅僅是清談。從早晨九時到下午一時，穿梭地來
　　往著詩人、小說家、戲劇家、散文家和藝術家。

　　　　在這集會之中，有兩個人物都是以健談著名的。一個是
　　上海本地的傅彥長，一個是從廣東來的盧夢殊（筆名羅拔
　　高）。他們兩人談起來，雖則是一個極小的問題，也可以談
　　整日整夜的。

其二是老作家丁淼所寫的〈有字天書作者博彥長〉（刊於《當
代文藝》第四十五期，一九六九年八月一日出版），現摘錄其中幾
段於下：

　　我覺得傅彥長的談吐舉止，一副斯文的氣派；由於他恬澹的性格，成了這種學者的典型。他從來沒有談到有關名利的事，他在一家大學裏教幾點鐘的書，刊物上寫幾篇文章，過著那優遊自在的生活。

　　他的文章，文意含蓄，近於晦澀。你如果粗枝大葉的瀏覽一遍，可能覺得他不知所云，稍加注意的再看一遍，才能覺得他的表達有些道理。細談之下，就會令人擊節。

　　一位熟朋友當他的面，說他的文章是「有字天書」。我知道那位朋友不是存心侮辱他，但還是擔心他聽了會生氣。誰知他絲毫沒有喜慍的反應，依然是平淡的神情，融和的談話。以後，大家時常把「有字天書」當了他文章的代表詞，也稱他為「有字天書」的作者。

　　傅彥長已於抗戰期間在上海病故，至於逝世日期則未詳。（見司馬長風著《中國新文學史》下卷，據說是現居台灣的老作家祝秀俠提供資料的。）

　　　　　　　　《星島日報・星辰版》一九八二年九月一日

傅彥長著《藝術三家言》（上卷）

傅彥長著《音樂文集》

《羽書》之作家
——散文家吳伯蕭逝世

日前看到北京電訊報導，才知道現任社會科學院文學研究所副所長、著名文學家吳伯蕭，因病不治，於一九八二年八月十日在北京逝世，終年七十六歲。

吳伯蕭與其他作家不同之處，就是他專寫散文。他認為：

> 作為精神糧食，散文是穀類。作為戰鬥武器，散文是步槍。在文藝園地裏，散文也應當是萬紫千紅中繁茂的花枝。
>
> （見《北極星》之〈寫多些散文〉）

吳氏原名熙成，字伯蕭。筆名天葆，山屋。他是山東省萊蕪縣人，生於一九〇六年三月十三日，北京師範大學英語系畢業。他於一九二五年就開始寫作了，第一篇散文〈白天與黑夜〉發表於《京報》副刊。從此以後，他陸續寫了不少散文。已結集出版者，大概有七種：

（一）《羽書》（一九四一年，上海文化生活出版社初版）。（二）《路安風物》（一九四七年，香港海洋書屋初版）。（三）《黑紅點》（一九四七年，佳木斯新華書店初版）。（四）《出發集》（一九五四年，上海新文藝出版社初版）。（五）《煙塵集》（一九五五年，北京作家出版社初版）。（六）《北極星》（一九六三年，北京人民文學出版社初版）。（七）《忘年》（一九八二年，天津百花文藝出版社初版）。

已故作家司馬長風對於吳伯蕭的散文也十分讚賞。他認為：

> 吳伯蕭的散文，有它獨特的風格和成就。僅有這個山東籍的作家，才把北方悲歌慷慨，快馬輕刀的豪情，淋漓盡致的吐放出來。

在吳氏七本散文集之中，若以純文學觀點而論，《羽書》（收散文十八篇）應該可以稱為他的代表作。現在請大家看看〈山屋〉篇中描寫夏夜的一段，就可以領略到吳氏寫作的技巧了：

> 夏夜自是更好。天剛黑，星就悄悄的亮了。流螢點點，像小燈籠，像飛花。簷邊有吱吱叫的蝙蝠，張著膜翅憑了著光的眼在摸索著亂飛。遠處有鄉村味的犬吠，也有都市味的火車汽笛。幾丈外誰在畢剝的拍得蒲扇響呢！突然你聽見耳邊的蚊子莞莞了。這樣，不怕冷露，山屋門前坐到丙夜是無礙的。

《羽書》列為巴金主編的「文學叢書」第七集之一，原書久已絕版，目前難得一見。幾年前本港創作書社曾翻印過，因此得以流傳下來。

《明報》一九八二年九月十四日

吳伯蕭《羽書》

吳伯蕭致楊渡的親筆信

失去了聽覺的作家——周楞伽

身體有缺陷的人，都是不幸與可悲的。但如果他們有堅強的意志，有力求上進的決心；經過艱苦學習，終有一天，不但不會被人看作社會的包袱，且能夠成為對社會有貢獻的人。這並非「紙上談兵」，而是有事實證明的。例如大陸的高士其，台灣的杏林子，都是大家所熟悉的。又如三十年代的作家周楞伽，也是一個好榜樣；不過，知者較少而已。

周楞伽，筆名劍簫、華鬘、罔聞。江蘇省宜興縣人，一九一二年出生。他六歲後開始讀書，後來不幸患了一次大病，雖然倖免一死，但從此就喪失了聽覺。據他自己的憶述：

> 在我十歲那一年，隨母親到舅父家吃喜酒，不免多住了幾天，終日肥魚大肉塞滿了腸胃，就在回來的第三天，天上忽然降下了狂風暴雨，我在上課時就已面紅身熱，有了病的象徵。放學時，在途中又受了暴風雨的侵襲，我勉強支持著，回到家裏便倒下來了。胡言亂語，身上發著極度的高熱。

> 這場病來勢非常凶險，有好幾夜我都昏昏沉沉失去了知覺。據母親事後對我說，她以為我是決不能再活了，然而我卻終於活了下來，只是喪失了一種重要的官能 —— 寶貴的聽覺。

當時周楞伽的家鄉，還沒有專收聾啞學生的學校，因此他只能在家裏自學。好在以前讀過幾年書，認識多少字；加以家長及

親友的教導，總算打好中文基礎，也寫得一手端正小楷。

　　周楞伽十三歲那年，父親在上海掛牌當律師，也帶他到上海來，專做抄寫狀詞的工作。但他對這種呆板工作毫無興趣，於是利用工餘時間閱讀小說。當時上海文化界正是鴛鴦蝴蝶派的天下，周楞伽所看的當然是這一派的作品。後來看得多了，他就模仿鴛鴦蝴蝶派的作風，寫了不少小說，發表於《紅玫瑰》旬刊。

　　周楞伽在十五歲時，就開始接觸新文學作品了。由於兩年來，他沉迷於鴛鴦蝴蝶派的小說，無法專心工作，經常抄錯了狀詞。父親對此非常不滿，於是實行經濟封鎖，每月只給他少許零用錢而已。從此他便無力再買新書了，只好跑到城隍廟的舊書攤，買幾本平價書以及過了期的雜誌。有一次，他偶然買到幾本《白露》半月刊（一九二六年創刊，「上海進社文藝研究會」編，泰東圖書局出版 —— 筆者注）。看過之後，他覺得其中文章那種新的體裁，新的風格，在字裏行間充滿一股青年人的熱情，這都是鴛鴦蝴蝶派的作品無法比擬的。後來他陸續又買了「創造社」所出版的期刊，以及革新後的《小說月報》。當時周楞伽終於擺脫了鴛鴦蝴蝶派的桎梏，而投入新文學懷抱了。

　　周楞伽得到新文學的滋潤，也從新文學吸取了營養，使他有信心嘗試創作。在動筆之前，他認為要使作品內容逼真，應該搜羅各階層尤其是下層階級人物的切口術語。於是請求友人吳仲明幫忙（因為他無法直接與人談話，所以要請朋友在旁協助），兩個人經常跑到「西新橋」及「褚家木橋」一帶。用金錢或食物，從流氓及乞丐嘴裏探聽他們流行的黑話，每得一條，就如獲至寶的記錄下來。這種情形在別人看來是一件傻事，但由此可見周楞伽對於寫作是相當認真的。

　　一九三〇年初，周楞伽花了三個月時間，寫成一部長篇小說

《白燒》，打算出版單行本，因而想起他有一位堂兄周全平（筆者按：周全平是「創造社」主要成員，曾主編《洪水》，也寫過幾部小說）在上海開了一家「西門書店」，於是帶了《白燒》原稿去找周全平。經周全平看過之後，認為這部小說寫得很不錯，答應替他出版。不幸正當全書排校完竣製成紙型時，「西門書店」卻因虧蝕負債而倒閉了。結果不但書沒有印成，連原稿也不知去向。

周楞伽雖然受了一次重大的打擊，但他並不灰心，反而更加努力寫作。到了一九三三年初，他的作品（詩歌、散文、小說）終於獲得發表的機會，分別刊登於《新中華》、《青年界》、《申報・自由談》等報刊。從此以後，他就以寫作為職業了。

據筆者所知，周楞伽的著作大概有下列多種：

（一）小說 ── 《旱災》、《餓人》（以上一九三五年，中華書局）、《失業》（一九三六年，北新書局）、《煉獄》（一九三六年，微波出版社）《田園集》（一九三六年，新鐘書局）、《陳樹港的一夜》（一九三六年，萬人出版社）、《輕煙》（一九四一年，群立出版社）。

（二）青年讀物 ── 《青年修養講話》（一九四〇年，光明書局）。

（三）兒童讀物 ── 《小朋友物語》（一九三六年，北新書局）、《月球旅行記》（一九四〇年，山城書店）、《小泥人歷險記》（一九四一年，山城書店）等。

周楞伽的小說，寫的多是真實的故事，文筆樸實，善於描寫下層階級的小人物。筆者本來打算引錄小說片段讓大家看看，但為了篇幅所限，只能抄他一首短詩：〈生活〉（一九三五年四月三十日刊於《申報・自由談》）給大家欣賞：

像一隻負重的駱駝

在沙漠上旅行

心頭盼望著一株青

眼前卻沒有綠洲的幻影

像一根結實的鞭子

握在造物者的手裏

它日夜都抽打著我心

使我的心痛楚而又悲淒

　　目前周楞伽仍健在，今年大概七十歲左右。論年齡應已退休了，但他並未完全放棄寫作。

《星島日報·星辰版》一九八三年一月十一日

周楞伽《幽林》初版封面書影

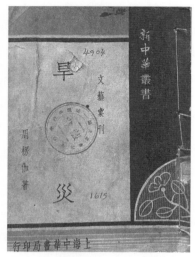

周楞伽《旱災》初版封面書影

周楞伽《田園集》初版封面書影

詩人梁宗岱逝世
晚年時研究醫藥而放棄文學工作

據《文匯報》廣州專訊報導：

　　廣州外國語學院教授、學院學術專員梁宗岱，因長期患病醫治無效。於十一月六日上午八時四十分在廣州逝世，終年八十一歲。

　　梁宗岱是廣東省新會縣人，一九〇三年九月十日出生。早年在嶺南大學讀書時，與劉思慕等人組織「文學研究會廣州分會」，並出版《廣州文學旬刊》，這對當時廣州新文學運動有一定的影響力。

　　梁氏一九二四年前往歐洲，先後在瑞士、法國、德國、意大利深造及遊覽。回國後，歷任「北京大學」、「清華大學」、「南開大學」、「復旦大學」、「西江學院」、「中山大學」、「廣州外國語學院」教授。

　　梁宗岱的文學生涯是從寫詩開始的，作品多發表於文學研究會所主持的刊物。梁氏的詩另有一種風格，不但清新可喜，且有哲理意味。例如一首〈散後〉其中的一節。

　　　　在生命的路上
　　　　快樂時的腳是輕而浮的
　　　　一剎那便模糊了

只有憂鬱時

的腳印

卻沉重的永遠的鑴著

梁氏一生遺留下來的著譯主要有：詩集《晚禱》（一九二四年商務）、文學批評《詩與真》（一二集，一九三三至一九三五年商務），論文《屈原》（一九四一年華胥社）、傳記《歌德與斐多汶》、小說戲劇合集《交錯集》（均為一九四三年華胥社），詞集《蘆笛風》（一九四三年自印），譯詩《水仙辭》（一九三〇年中華）、《一切的頂峯》（一九三七年商務）、《莎士比亞十四行詩》（一九七九年人民出版社）、《浮士德》（未完成）、譯文《羅丹》（一九四一年正中）以及最近出版的《梁宗岱譯詩集》等。

梁宗岱晚年專心研究醫藥，從各種生草藥提煉製成一種藥液，據說對醫治鼻咽癌有顯著的功效。但為了忙於研究醫藥，以致放棄了他本位工作 —— 寫詩和翻譯，這是很可惜的。

《明報》一九八三年十一月二十日

梁宗岱譯《羅丹論》

梁宗岱的《詩與真詩與真二集》

散文《一劍集》
此係詩人之第一本散文集

呂劍是三十年代末期崛起的詩人，曾以一首〈大隊人馬回來了〉，引起當時詩壇的注意。後來陸續出版多部詩集，都頗受讀者歡迎。呂劍雖然是以詩聞名，但散文也寫得相當出色。他的文筆精煉、蒼勁。語言簡明、樸素。尤其是內容不尚空談，每一篇都言之有物。正如他在《一劍集》自序中所說：

> 回想起來，鋪紙為文，當時只是有時出於感動，有時出於骨鯁在喉而已，倒也不是有意作文章。我既不想無病呻吟，也不想危言聳聽。因此，雖然這裏並不是皇皇大文，但從它們多少總還可以看到一些個人生活的蹤跡。大而言之，多少還可以看到一點時代的影像吧！

《一劍集》是呂劍第一部散文集，由上海文藝出版社出版。內容共分三輯。第一輯收〈平原日出〉等五篇，多屬抒情之作。第二輯收〈燈下漫筆〉等十一篇，文章的性質比較雜，而且帶有多少議論的色彩。第三輯收〈悼征軍〉等九篇，都是作者記述他所熟悉的作家，包括訪問、回憶、悼念等。

翻開《一劍集》，其中可讀的文章為數不少，但筆者卻偏愛收於第二輯的〈書的命運〉一篇。作者談到書的可喜與可悲的遭遇，雖然只是他個人的感受，卻道出一般愛書人士的心聲。例如有一段說：

　　老朋友的著作，每一出版，大都簽名相贈。贈金莫如贈書，這才是人間最珍重的惠愛。我每逢拿起這樣一本書，就覺得朋友們又來和我促膝談心了。

又如另一段說：

　　文革時期，奉紅衛兵之命，幾個書櫃連同書籍一起搬到院子裏，任憑他們抄掠，任憑風吹雨淋，我眼睜睜地看著，救不了它們，真是心如刀割。我只好趕快設法出書，但又只能算作廢紙，幾分錢一斤。精裝本的硬殼，還須一一撕下來才能過秤，這不是撕我的書，而是撕我的心。

　　一九四六年至一九四七年期間，呂劍在香港曾當選為「文協香港分會」理事。也擔任過《華商報》副刊主編、《風雨詩叢》編輯，當時他居住的地方是西環學士台。雖然他在香港只逗留了一年，但總算與香港有過一段因緣。

　　　　　　　　　　　《明報》一九八四年一月二十四日

呂劍的《一劍集》

呂劍的《詩歌初集》

從《魯迅全集》人名注釋出錯
談到被當作一人的兩位作家：
彭家煌、彭芳草

前言

　　一九二七年秋，上海開明書店出版一部短篇小說集《慫恿》，著者為彭家煌。一九二八年春，上海北新書局也出版一部長篇小說集《管他呢》，著者叫做彭芳草。由於這兩位作家的名字都很陌生，而且同是姓彭。因此，有人懷疑是一個人而用兩個名字出書的。後來不知如何，竟有人把這兩位同姓的作家，當作一個人看待，認為彭芳草就是彭家煌的筆名。這種說法雖無憑據，卻有書為證。例如：

　　　　一九四七年北京普愛堂出版的《文藝月旦》，其中之作家小傳提及彭家煌云「彭家煌的筆名叫做彭芳草。」

　　一九四八年北京懷仁學會出版，善秉仁主編的《當代中國小說戲劇一千五百種提要》。由趙燕聲編撰的二百條作家小傳，介紹彭家煌云：「彭家煌又名介黃，別號轀松，筆名彭芳草。」一九五九年香港東亞書局出版，馮式編的《中國文學家辭典》彭家煌條云：「現代小說作者，筆名芳草，四川人。小說輯成集者有《茶杯裏的風波》、《皮克的情書》等。」一九七六年波士頓出版，朱寶樑編的《二十世紀中國作家筆名錄》彭家煌條云：「筆名芳草、彭介黃、彭芳草、彭轀松。」一九七七年香港波文書局出版，李立

明著《中國現代六百作家小傳》彭家煌條云：「又名彭介黃，號韞松，筆名彭芳草。」一九八一年大陸新版的《魯迅全集》其中人名注釋彭家煌條云：「彭家煌（一九〇〇 ── 一九三三）筆名彭芳草，湖南湘陰人，作家。著有小說《慫恿》、《皮克的情書》等。」一九八三年四川出版的《抗戰文藝研究》，內有曾健戎與劉耀華合編的《現代文壇筆名錄》，彭家煌條云：「彭芳草原名彭家煌。」

　　以上引錄各書，大部分是個人編撰的。由於個人的見聞有限，又沒有足夠資料可供參考；難免人云亦云，以誤傳誤，雖然出錯也情有可原。但《魯迅全集》的情形就完全不同了；因為負責《全集》注釋工作的，有專家、學者、作家等等，可以說是集中全國第一流人才。而且經過各方面查詢，參考有關資料，互相研討然後下筆的。可惜結果也一樣出錯，這就難以向海內外的讀者交代了。

　　兩年前，大陸已經有一位陳福康先生發現而且指出《全集》人名注釋錯誤之處了。他在〈魯迅全集注釋補正〉（一九八四年出版的《魯迅研究》第四期）文中云：

　　　　魯迅全集注釋中說彭家煌筆名芳草據查考彭家煌並未用過這一筆名。而當時確實另有一個名叫彭芳草的作家，其生平頗有相合處（例如二十年代都曾在北京，三十年代都在上海）。因此有不少人將二者混為一談，這是亟待糾正的。

　　若論最先介紹彭芳草者，應推前輩女作家蘇雪林。她在《當代中國小說戲劇一千五百種提要》的導論中，說彭芳草是雜文作家，其所寫雜文模仿魯迅幾可亂真。作品有《管他呢》、《厄運》、《落花曲》等。蘇雪林所寫的彭芳草，與同書中趙燕聲所寫的彭

家煌，情形完全不同，明顯地指出彭芳草是另有其人。只是一般讀者沒有留意，因而忽略了。

　　筆者一向喜歡搜集三十年代作家資料，對於彭家煌與彭芳草當然也不例外。從資料中得知彭家煌是湖南省人，而彭芳草卻是湖北省人。也知道彭家煌於一九三三年病逝，而彭芳草於一九三八年，尚在漢口擔任《時代日報》總編輯。僅憑這兩件事，就足夠證明彭家煌與彭芳草絕對不是一個人了。

　　幾年前，筆者已打算撰文介紹二彭的生平及其作品了。但因手頭資料屬於彭家煌者較為齊全，而有關彭芳草者則甚少，尤其是他的小說集與雜文集早已絕版。目前所能看到的，只是他在幾種雜誌發表的部分文章而已，無法較為全面地了解他的作品。由於上述原因，筆者所以遲遲未敢動筆。

　　一九八四年初筆者通過摯友鄭子瑜教授介紹，開始與陳子善先生通信。陳先生在上海一間大學中文系任教，是一位海內外知名的研究郁達夫專家。也許由於興趣相近，大家雖然未見過面，但從書信往還中，彼此已建立了真摯的友誼。當他知道筆者準備撰文介紹二彭，而苦於資料不足，他立即答應幫忙。不久，就陸續寄來不少有關二彭的資料；尤其是彭家煌的小說集《出路》，彭芳草的小說集《落花曲》，雜文集《苦酒集》等影印本，這都是目前不容看到的絕版書。最難得的是陳先生能夠聯繫到尚健在的彭芳草先生，從彭老先生的覆函中，獲得十分珍貴的資料。這一次，多蒙陳子善先生鼎力幫忙，使筆者這篇小文得以順利完成。筆者謹在此向陳先生遙致衷心感謝！

　　筆者一向有個心願，就是介紹被人忽略甚至遺忘的新文學作家。雖然他們的名字陌生，也未必有多大成就；但他們總算在文學園地出過一點力，不應該被歧視以至湮沒無聞。

筆者明知介紹名字陌生的作家，是一種吃力不討好的工作。「吃力」是沒有名氣的作家資料不容易搜集，「不討好」是寫出來也未必有人欣賞。雖然如此，但筆者為了興趣關係，總捨不得放棄。不管有人認為這種工作頗有意義也好，有人認為是傻人做傻事也好，筆者絕不計較。

（一）短篇小說作家彭家煌
甲、作品與評價

二十年代中期，在文壇上嶄露頭角的彭家煌，是一位頗為出色的短篇小說作家。他用傷感、幽默、諷刺各種不同的筆調，去描述他心目中的故事。文字簡鍊、深刻，給讀者一種難忘的印象。可惜他一生坎坷，無法專心寫作。據筆者所知，他死後只留下七部作品，現在依照其出版先後分列於下：

《慫恿》——「文學週報社叢書」。一九二七年八月，上海開明書店初版。

《茶杯裏的風波》——一九二八年六月，上海現代書局初版。

《皮克的情書》——一九二八年七月，上海現代書局初版。

《平淡的事》——一九二八年十月，上海大東書局初版。

《在潮神廟》——「一角叢書」。一九三三年十月，上海良友圖書公司初版。

《喜訊》——「現代創作叢刊」。一九三三年十二月，上海現代書局初版。

《出路》——「新文學叢書」。一九三四年一月，上海大東

書局初版。

彭家煌生前雖然沒有什麼名氣，但他逝世之後，作品卻頗得好評。以下是幾位前輩作家對彭氏小說的看法：

茅盾：「彭家煌獨特的作風在《慫恿》裏就已經很圓熟，這時候他的態度是純客觀的。在這幾乎稱得是中篇的《慫恿》內，他寫出樸質善良而無知的一對夫婦，夾在土財主和破靴黨之間，怎樣被播弄而串了一齣悲喜劇。濃厚的地方色彩，活潑的帶著土音的對話，緊張的動作，多樣的人物，錯綜的故事的發展 —— 都使得這一篇小說成為那時期最好的農民小說之一」（見《新文學大系小說一集》導論）

老作家唐弢：「家煌的作品，以抒寫鄉村風物和家庭瑣事為多，落筆平實簡練。他的小說集沒有一本是有序文或跋言的，這可證明他是如何不喜歡述說自己。友人名小說家師陀，輕易不加譽他人，唯獨對家煌多所推崇。幾次談話，極口稱道，我至今還留有深刻印象。」（見《晦庵書話》之〈今龐統〉）

著名小說作家黎錦明：「他的處女作《慫恿》，文筆簡練、深透，對於鄉村人物的描繪，依我看，比盛行於目前的，過去的普羅文學那份裝扮的意識白描要強。無論從《茶杯裏的風波》、《皮克的情書》中看，他的思想是在正確的途上，諷刺而帶著一點傷感。體裁清澈、嚴格、簡練。雖然有人說帶一些做作，但這是值得崇拜的；因為他是在重視創作，不曾把它當作一種商品。」（見《現代月刊》第四卷第一期之〈紀念彭家煌君〉）

海外作家溫梓川：「他的小說帶著很濃重的憂鬱氣氛，彷彿有點像柴霍甫的小說。即使是『情書』那樣粉紅色艷麗題材，也教人看得有點憂鬱。」（見《文人的另一面》之〈彭家煌教國音〉）

乙、其人及其事

　　彭家煌的生活圈子窄，又不喜歡交際。除了幾家書局及雜誌社編輯跟他較有往來之外，其他人士很少有機會與彭氏接觸或見面。究竟這位作家的容貌、性格如何？相信是一般讀者亟想知道的。

　　黎君亮（即黎錦明）認為彭家煌的容貌好像《三國演義》中的「龐統」（大概是指彭氏長得粗眉闊臉——筆者按）。大約一九二五年間。他在《自由談》編輯黎烈文請客的宴會上，第一次與彭家煌見面，留下十分深刻的印象：

> 　　在座上認識了這一位外貌像龐統的人，非常沉著——毋寧說是拘謹。說的話沒有趣味，而不是露出一點苦笑。他給我一個深沉的印象，至少，我覺得像他那樣有氣概的人，實在應有龐士元一樣的性格。不久，我在另一處又遇見他了。仍然是那樣，不多講話，只偶爾露出一點意見來，但不過幾個字而已。

　　彭家煌又名介黃，字蘊生，別號韞松。湖南省湘陰縣清溪鄉人，一八九八年四月一日出生。

　　一九一九年，他畢業於長沙「省立第一師範」。不久。經其舅父楊昌濟介紹，在北京女子師範大學附屬補習學校任職，同時在「北京大學」旁聽。

　　一九二四年，他考入上海中華書局，參加編輯《小朋友》雜誌。

一九二五年，他與孫珊馨女士結婚。因為太太在商務印書館當校對，他也就轉入商務編譯所工作。助編《教育雜誌》、《兒童世界》，並利用工作餘暇開始文學創作。後來認識了鄭振鐸。

一九二七年，他通過鄭振鐸介紹，加入「文學研究會」，會員編號為「一七○」號。

一九三○年，他加入「左聯」，介紹人是潘漢年。（見一九三四年一月出版的《文學生活》第一期。）

一九三一年七月十六日，他因共產黨嫌疑被捕，囚禁了幾個月，後來當局查不到證據便把他釋放了。

一九三三年初，他參加葉紫、陳企霞等所組織的「無名文藝社」活動，並在《無名文藝月刊》發表小說。

一九三三年九月四日。彭家煌終因胃病嚴重手術後惡化，逝世於上海紅十字醫院三等病房。終年三十六歲，身後遺下太太孫珊馨和兩個未滿八歲的兒女。

彭家煌逝世後兩個月，文化界人士以及彭氏親友，在上海貴州路「湖社」舉行「彭家煌氏追悼會」。同時，施蟄存、杜衡主編的《現代月刊》第四卷第一期之〈文藝畫報〉，以「紀念彭家煌先生」為標題，刊出彭氏遺影一幅。魏猛克為家煌畫相一幅。文字則僅有黎君亮執筆的一篇〈紀念彭家煌君〉而已。此外，由汪錫鵬、潘子農、徐蘇靈主編的《矛盾月刊》第二卷第三期，闢了一個〈追悼彭家煌氏特輯〉。以十九面的篇幅，刊登了潘子農的〈祭壇之前〉、彭夫人孫珊馨的〈家煌之死〉、何揆的〈活不下去〉、陳紹淵的〈紀家煌病歿前後〉、汪雪湄的〈痛苦的回憶〉，以及周祚生、卓劍舟、馬良的〈悼詩三章〉等。

彭家煌《慫恿》原封面

（二）雜文，小說作家彭芳草

甲、生平事蹟

　　筆者並不認識彭芳草先生，對於他過去的一切也所知不多，但總覺得他是一位沉默寡言，極有修養的忠厚長者。因為幾十年來，他一直被人當作是彭家煌的筆名，甚至把他的作品列入彭家煌名下。他受了極大的委屈，既不憤激，又沒有公開替自己辯白，而沉默地容忍下去，這實在是普通人無法做得到的。

　　彭芳草原名山壽，字叔美。芳草，彭芳草都是他的筆名。他是湖北省武昌縣人，一九〇三年出生。他幼年只讀過幾年私塾、後來到濟南「尚實英語學校」學習英文。

　　一九二二年，他考入北京私立「平民大學」新聞系攻讀，畢業後在《世界日報》當記者，同時在「北京大學」哲學系旁聽。

　　一九二六年，他擔任北京《心聲晚報》副刊編輯，開始模仿魯

迅筆調撰寫雜文。

　　一九二八至一九三〇年，他在河北《民國日報》工作，與女作家陸晶清為同事。

　　一九三一年，他經友人介紹入上海「神州國光社」編輯部任職，後來成為王禮錫的得力助手。同時認識了胡秋原，王亞南等人。

　　一九三三年八月，「神州國光社」後台老板陳銘樞，因參加「閩變」而結束了上海編輯部。彭氏與一班同事前往福建，不久，他擔任《福建日報》總編輯。

　　一九三八年，他與友人梅方義在漢口創辦《時代日報》自任主筆。武漢撤退後，他到了重慶。在「戰地黨政委員會」工作，擔任《戰地通訊》編輯。

　　抗戰勝利後，他任南京《和平日報》編輯。後來知道梅龔彬在廣州「中山大學」任法學院院長，他隨即前往廣州在該校任教。

　　大陸解放後，他一直在開封「河南師範大學」教書。他今年已八十三歲，且體弱多病，早應該退休了。

彭芳草的《寒夜集》

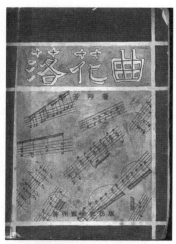

彭芳草的《落花曲》

乙、作品簡介

　　前輩女作家蘇雪林、陸晶清，曾先後讚許過彭芳草模仿魯迅雜文，十分神似幾可亂真。其實彭氏不但寫雜文，也寫過幾部小說，而且是一位研究國際問題專家。他曾主編《國際經濟政治年報》（上海經濟政治批判會出版）。編著的尚有《國際政治大綱》（上海神州國光社出版）、《聯合國憲章的產生及評價》（福建永安立達書店出版）。合編的有《世界名人大辭典》（與王禮錫、王亞南、陸晶清、胡秋原、方天白合編，神州國光社出版。）

　　茲根據筆者所知，將彭芳草歷年著譯的文學作品列出，並作簡略介紹。

　　《管他呢》（長篇小說，一九二八年北新書局出版），本書描述一部分醉生夢死的大學生，過著糜爛的生活。甚至日趨下流，

在旅館裏偷看別人做愛，後來終於被送入瘋人院。由於書中有不少關於性的描寫相當露骨，因此彭氏曾被北京警察局叫去儆戒一番。上海工部局也認為該書誨淫，罰了北新書局六十元大洋。

《苦酒集》（雜文集，一九二八年北新書局出版），本書分為兩輯。（一）「荒城雜筆」收雜文十篇。（二）「骷髏篇及其他」收雜文二十二篇。作者在〈自序〉中說：

> 我自己也覺得生命好像起了黴，釀成的只是苦酒。喝起來不生快感，但這是沒有法子的事，自己應該負責喝乾，無論它是怎樣苦。倘若有特殊嗜好的人，我也不惜斟給他一杯。這本集子的出版，或者也有愛好的吧！
>
> 我願把它貢獻於愛好或憎惡的之前。

《厄運》（長篇小說，一九三〇年神州國光社出版），本書描述當時一個人力車伕，大半生的苦難遭遇。

《寒夜集》（雜文集，一九三〇年神州國光社出版），本集是作者在戀愛時期中所寫的雜文。其中〈愛與仇〉等篇，不特表示作者本人對戀愛之勇往直前精神，且能具體表現出作者對人生的真實態度。

《落花曲》（長篇小說，一九三一年神州國光社出版），本書寫的是破落書香子弟之愛。第一部曲是散文，第二部曲是書簡，第三部曲是日記，三部的文體雖然不同，但合併起來就成為一部完整的小說了。

《都市》（翻譯小說，辛克萊原著，一九三一年神州國光社出版）。

此外，未印單行本的，尚有短篇小說〈到死滅之路〉（刊於《讀

書雜誌》第一卷第一期）描述一個鋼鐵工人所遭受的苦難。

　　彭芳草在一篇自傳體文章〈從哲學到國際政治〉（一九三三年一月《讀書雜誌》三卷一期）中說：

　　　　〈到死滅之路〉好像是我創作活動的最後一篇，但我並不希望我的文學嗜好「到死滅之路」。如果情形允許我，我還打算寫出革命狂熱時期的一切；佈置寫法早已爛熟於我心中，但直到現在卻還未曾有提筆的決心。

　　從此以後，的確未見彭氏有新的作品發表，而〈到死滅之路〉也就成為他最後一篇創作小說了。

《星島日報‧星辰版》
一九八六年五月十五、十六、十七日合刊

一九八四年來港定居
馬國亮自學成才

　　馬國亮早年在廣州培英中學肄業，後來又到上海新華藝術學院學習美術，他的學歷就是如此簡單。由於他在兩間學校只讀了一段時間，尚未畢業就已輟學，所以始終沒有拿到一張文憑。但他並不因此而灰心，反而加強了他刻苦自學的決心。經過多年努力，終於出人頭地成為著名編輯，同時也成為一位具有多方面才能的作家。正如享有盛譽的出版家趙家璧所說：

　　　　馬國亮自學成才，多才多藝。他主編畫報之餘，還出版了多部著作。既是散文家，小說家，又是畫家，還得加上音樂愛好者。

　　據筆者所知，馬國亮歷來發表文章，除本名之外，也用過「華良」、「艾迪」、「陳子」等筆名。他的作品已結集的有十三種，現依照出版先後列下：《昨夜之歌》（散文詩，一九二九）、《露露》（中篇小說，一九三一）、《給女人們》（散文，一九三一）、《回憶》（散文詩，一九三二）、《再給女人們》（散文，一九三三）、《繪畫欣賞》（藝術，一九三三）、《國亮抒情畫集》（一九三三）、《偷閒小品》（散文，一九三五）、《人的聲音》（散文，一九四三，桂林大地出版社）、《春天！春天》（散文，一九四五，重慶良友）、《靈感的故事》（短篇小說集，署名華良，一九五三，香港智源）、《藝苑風情》（散文，一九八四，上海文藝出版社）、

《命運交響曲》（長篇小說，一九八六，桂林漓江出版社）。其中未有注明者，均為上海良友圖書公司出版。

此外，馬國亮還編過七部電影劇本，分別由三家電影公司拍成故事片：《花好月圓》（一九四〇）、《天作之合》（一九四一）、《四代同堂》（一九四七）、《綺羅春夢》（一九四八）以上為香港聯藝影片公司出品。《南來雁》（一九五〇）、《門》（一九五一）以上為香港長城電影公司出品。《鬼》（一九五一）為香港五十年代電影公司出品。

馬氏於一九二九年初，由以前培英同學梁得所介紹，入良友公司任幹事。他一面工作，一面學習，後來調升為畫報助理編輯。同時也開始寫作，並替畫報繪製插圖。一九三三年八月，梁得所因擬自創事業而辭職。馬國亮乃正式接編《良友畫報》，成為第四任主編。由第八十期起至一百三十期止，共編了五十一期，有一時期且兼編《今代婦女》。

抗日戰爭爆發後，馬氏奉公司命將畫報遷往香港出版，由他擔任主編。由一百三十一期起至一百三十八期止，替香港版編了八期，包括上海版在內，前後共編了五十九期。

當時良友公司因股東發生糾紛而停業。馬氏乃與丁聰、李青共同籌劃並出版《大地畫報》；直至太平洋戰爭突發，日軍佔領香港始告停刊，同時也結束了他在聯藝公司的編劇工作。

香港淪陷後，馬氏逃亡到桂林，先後擔任《廣西日報》、《廣西晚報》文藝副刊主編。後來日軍迫近桂林，馬氏逃往貴陽。於一九四五年初轉赴昆明，受聘於「美國戰略服務處」駐昆明的「心理作戰組」，擔任中文編輯，編寫鼓動敵後淪陷區人民抗敵宣傳品。

抗戰勝利後，馬氏返回上海，擔任《前線日報》文稿副刊主

編。同時參加由鳳子主編的《人世間》為編委，並以「艾迪」筆名在該刊發表文章。

一九四七年，馬氏南下香港。先後擔任「聯藝公司」編劇、「長城公司」編導室主任兼編劇、《新中華》畫報主編、《大公報》電影版編輯等職。

一九五二年，馬氏前往廣州，任中華書局駐廣州辦事處主任，同時加入「中國作協」為會員。

一九五五年，馬氏返回上海，在「上海美術電影廠」擔任編劇。反右鬥爭及文革時期，他都受到批判，直至一九七九年始獲平反。於是馬氏重新執筆寫他最擅長的散文，分別發表於《人民日報》、《文匯報》、《讀書》、《羊城晚報》等報刊。

馬氏於一九八四年來港定居，擔任在香港復刊的《良友畫報》顧問，並為該報撰寫《良友憶舊錄》。這篇每期連載的回憶錄，也可以說是文化、出版史料。內容翔實，頗有參考價值。

馬國亮是廣東省順德縣人，一九〇八年七月出生。他今年已七十九歲，但精神飽滿，步履穩健，看來並無老態，可謂老當益壯。

《明報》一九八七年六月二十六日

《生活之味精》書影

《再給女人們》書影

《露露》書影

附錄

喜得舊書一批（節錄）

許定銘

最近買到一批舊書，有意外的驚喜。

那天在藏書家某的大宅，看那些堆滿在客廳地板上的書，少說也有好幾百本，在那三四百本書中，總有百來本是絕版的好書，比如巴金編的，由文化生活出版社出的文學叢刊，以前很難才能買到三兩本的，如今居然有二三十本之多；此外，一向甚少搞文藝的學者，如劉大杰、楊蔭深等人的散文、小說都有。這些書我不是未見過，而且，有很大部分都曾擁有過，只是，這麼大量堆在一起求售的，則是從未遇到過。

我仔細把書翻了又翻，覺得這批書很熟眼，很有親切感，像是以前曾接觸過的……驀地恍然大悟，這批書是故友陳無言的！只有陳無言才那麼有心思去整理那些殘破了的舊書：封面破爛了的，用透明的蠟紙在封面底托一頁，裁剪得整整齊齊，不讓它再損壞；沒有了書脊的，用白紙小心補好，寫回書名和作者。見到那工整的，毫不潦草的字體，如見故人。

無言已經過世好幾年了。二十年前我的書店開在灣仔軒尼詩道二樓，無言經常來看我，和我談三十年代作家，談絕版文學書。每次來總要傾談一個下午，才依依不捨地離去。當時，像我們般喜歡搜集三十年代絕版文學書的人不多，買舊書的地方更少，開在灣仔的三益，是我每天必到的入貨點，就經常在那裏見到無言，有時遇到大家都想要的書時，無言總是讓我先要，使我

感到很過意不去。

　　除了珍藏三十年代絕版文學書，陳無言經常也寫些相關的文章，談書論人，頗有見地，發表後間中也影印一份送給我，可惜他寫得不多，沒有結集，相信現在也難以找到了。

　　如今見到無言的藏書，百感交集，我相信書一定不只這麼少，其他的不知哪裏去了！

　　自從改革開放以後，很多文學作品都重印了。巴金編的文學叢刊，照原型重印了好幾批；名家的作品，大都出了全集；最近我去了一趟深圳，見到很多冷僻作家的三十年代作品也重印了。因此，舊版的文學書已非絕版，愛書人和研究者能從新版書中找到他們的所需，則舊書只剩下收藏和紀念的價值，大大地減低了它們實質的作用。雖然如此，我還是選了六七十本，興奮了好一陣子。

　　這批書中，我最喜歡的是文化生活版的，李廣田的《金罈子》，這本屬於《文學叢刊》第八集的短篇小說，是一九四六年十二月初版的。李廣田的作品現在很容易找到，我特別鍾情《金罈子》，是因為這本書原本就是我的，書角染了濃濃藍墨水，我永遠不會忘記。二十幾年前，我開始研究三十年代作家，第一個是蕭紅，第二個就是李廣田；當時就以擁有這本孤本為榮，後來書借了給朋友，不知何故失掉，四分一個世紀後重回舊主，能不感動！

　　此外還有好幾本值得一談。

　　蕭乾的《創作四試》是我第一次見到，而且是大部分文學史中都沒有談到的。這本書一九四八年七月初版，翌年四月即再版，也是由文化生活出版社出版的，可是卻不屬於「文學叢刊」。厚厚的一冊，有三百多頁，封面白底，正中題「創作四試」，並有蕭乾簽名的那個式樣，和他的《人生採訪》封面同樣。起先以為是談寫

作方法或例子的書，打開看時，才知道是本小說選集。全書分成：象徵篇、傷感篇、戰鬥篇、刻畫篇和自省篇五部，選自他的《籬下集》、《栗子》、《落日》和《灰燼》，仍有可讀之道，起碼蕭乾自己認為是這四本書的精華所在。

另一本是我慕名已久，卻是初次見到的葛琴的《總退卻》。三十年代，很多年輕作家初出道時，都因為得到魯迅的讚許而成名，此中蕭軍、蕭紅和葉紫，更是其中的表表者。葛琴也是其中之一。《總退卻》於一九三七年三月，由良友圖書公司初次印刷，只出了一千本，封面即有「魯迅序·葛琴作」字樣，是一本短篇小說集。魯迅在序中說：

「……這一本集子就是這一時代的出產品，顯示著分明蛻變，人物非英雄，風光也不旖旎，然而將中國的眼睛點出來了。……」

葛琴日後的成就雖然不及兩蕭，但在現代文學史上也有肯定的地位，一定要找時間看看《總退卻》。

除了以上幾本，劉北汜的《山谷》、望雲的《星下談》、大華烈士的《西北東南風》和徐訏《成人的童話》初版，都是難得一見的好書。

　　　　　　　　　　　　　　　　　　　　──九八·十·五

原刊《作家》第三期，一九九九年二月
蒙作者授權轉載，特此致謝

書癡陳無言

黃仲鳴

　　歲暮整理亂書齋，翻出當年方寬烈寄給我的稿件。方寬烈者，綽號方詩人，只因其好吟詩作詞，誠舊文人也。已編選作品有《郁達夫詩詞系年箋釋》、《台灣景物記事詩》、《當代名家輓聯》、《香港作家筆名別號錄》、《二十世紀香港詞鈔》等。今已逝多年。夜每思起，不勝唏噓。

　　我自青年時代便投入報刊界，以編輯為業，即與方詩人交。他正宗書癡一名，蒐集舊籍，不計腰中錢；閒時寫寫書話、詩詞；更與當時香港一些書友過從，互通有無，因是富家子，不愁衣食，閒適度日，為我們所羨煞。

　　那年我主編《作家》雜誌，他寄來〈專研三十年代文壇軼史的陳無言〉一文。陳無言是他的書友之一，另如許定銘、黃俊東，和台北秦賢次都是他的至佳書癡。陳無言在諸人中，年紀最大，一生所寫作品，惜無結集，也少為人知，不似黃俊東、許定銘等。方寬烈那篇文章，相信要研究陳無言者，是為最佳文獻，也是第一手資料。他這麼形容陳無言：「陳無言和我的交誼逾二十年，深知他是一個專心學問，默默耕耘，不喜活動的人，為讓他在香港文學史上不致給人遺忘，特就所知草成此文，特別著重他當年發掘文學資料的經過。」

　　他述陳無言生平：本名莊生，筆名陳野火、書丁。福建漳州龍溪人，一九一三年四月二十九日出生。一九二六年畢業於龍溪縣

立國民學校，一九三二年畢業於省立龍溪中學，同學有蜚聲國際的修辭學家鄭子瑜。畢業後為負擔家庭，不能升讀大學而到龍溪縣東華實驗小學當教員，一九三四至三六年改任龍溪縣立浦南小學教務主任。一九三七年離開故鄉到漳州任《中華日報》本埠版編輯，翌年任《商音日報》副刊編輯。不久日軍侵佔廈門逼近漳州，他跑到香港，在同鄉友人所開的正大參行任職。

一九四一年，不少內地客到香港購成藥蔘茸回去圖利；於是立意從商，頗有收穫。又到粵北韶關經商，成家立業。恰值武漢大學因避日軍，一些學院遷到江西廣東邊境，他設法考入進修，一九四五年獲得文史畢業證書。同年八月日本宣佈投降，攜同妻子到港。一九四六年再入正大蔘茸行，任文牘和司賬前後五年多，直到他的同鄉東主去世，商行易手才離職。一九七七年開始在《星島日報・星辰》版發表上世紀三十年代作家傳記數十篇，其中像張若谷、傅彥長、敬隱漁、高語罕、彭家煌、彭芳草、馬國亮、梁得所等，《中國文學家辭典》現代四個分冊都未見收入，可見他的著述對新文學史有一定的貢獻。可惜一九八六年太太去世，他備受打擊，一九九〇年又患上輕微的中風症，致雙足乏力，不能再逛舊書店。

在上世紀六十年代開始，他已迷上了書，專搜文學史料，成績可觀。據說司馬長風撰《中國新文學史》時，曾向他請教，獲得很多少為人知的一手資料，書出版後比李輝英所編的一冊，更為詳盡。陳無言逝世於一九九六年六月。我於《星島日報》任職時，在副刊拜讀了他不少作品。可惜始終未識其人，憾哉。

原刊《文匯報》二〇二〇年一月十四日
蒙作者授權轉載，特此致謝

桃李無言，下自成蹊——編後記

黎漢傑

　　余生也晚，無緣結識陳無言先生，對他的生平，更是一無所知。但我總覺得，陳先生以「無言」為筆名，應該是取自「桃李無言，下自成蹊」之意。今天回頭重看數十年前他寫的這一批書話，以及他生前好友諸如許定銘與陳子善兩位先生的回憶文字，我更加深信先生是一位默默耕耘，樸實無華的「文壇拾遺者」。

　　正如陳子善教授的序文所言，本書的編輯整理相距作者逝世已達二十多年，是次出版，可以說，是一次偶然的結果。

　　數年前，許定銘先生仍居香港，每個禮拜都參與「鑪峰雅集」的茶聚，我有時候也敬陪末座，聽聽各位前輩談談文壇掌故。有一次，許先生談到他有一位非常敬佩的前輩文友，在報紙寫過不少書話，可惜身故之後，作品一直未有結集出版，詳談之下，我才第一次知道「陳無言」這個名字。

　　過了一兩年，因緣際會，通過朋友馬吉先生介紹，認識了陳先生的公子陳可鵬先生，知悉可鵬先生也希望出版父親的作品，我當下即與可鵬先生商議，兩人分頭行事，他到舊居找尋無言先生的文獻資料，我到圖書館搜尋舊報紙。大半年之後，終於粗具規模，變成這本有一定分量的書話集。

　　本書收錄的，是無言先生自一九七七年至一九八七年所寫的文章，絕大部分刊登於《星島日報》與《明報》。大抵因《星島

日報》可以容納的投稿字數比較多，所以讀者不難發現刊在《星島日報》的文章，相對《明報》，寫得比較詳細。部分文章，例如〈悼念戲劇家胡春冰〉、〈詩人楊騷在香港的時候〉等，均曾連載兩日，最長的〈從《魯迅全集》人名註釋出錯談到被當作一人的兩位作家：彭家煌、彭芳草〉更是三日不間斷刊出，足證當時編輯的重視。

　　無言先生的書話文章，有幾個值得重視的貢獻。首先，是對被忽略的作家與作品的介紹與普及。他在報刊上花大篇幅介紹的作家例如麗尼、周楞伽、劉延陵、羅黑芷等，即便今日都是比較少人討論與研究。他在文章詳細介紹他們的生平，基本作品概述，以及作品摘錄，對當時難以取得民國舊版書的香港文化界來說，無疑是起指南的作用。當然，論者或會以為，只要有收藏上述作家的著作，作概括介紹，自然不難。然而，請看他在〈詩人劉延陵與小說家羅黑芷〉的一段話：

　　　　劉延陵的詩活潑清新，技巧也比較純熟。他的作品多發表於：《小說月報》、《文學週報》、《詩》、《我們》、《文學》等刊物。現在筆者從《雪朝》（八位詩人合集，輯有劉氏詩十三首。為「文學研究會叢書」，商務版）選了他一首〈水手〉，抄錄給大家欣賞。

　　他不但詳列劉延陵的發表記錄，更從一本選集抄錄詩人的作品。在沒有電腦作搜尋的年代，單靠記憶，就知道哪一本選集收錄哪個詩人的作品，這除了需要豐富的收藏之外，更需要過人的記憶力。

　　至於在介紹一些知名作家，無言先生選取切入的角度比較特

別，一是有趣，二是和香港有關。他在談許地山遺著《國粹與國學》的時候，就專門挑選了許氏論述貓的文章：〈貓乘〉，從貓的名稱、種類、選貓方法以至古代的買貓契約，都一一摘錄介紹，讓人感覺《國粹與國學》這部看似非常嚴肅的書，原來也有有趣的一面。另外，他在〈「現代派」作家徐霞村〉特別摘錄徐霞村寫香港太平山的一段文字，現在讀來，尤覺當年文人對纜車的驚奇敏感，再互相對比，香港太平山下風景，今昔殊異，讓人唏噓：

> 我們趕得很巧，剛一上車就開了。被一根鐵繩拉著，牠很快地爬，那陡而窄的軌道，好像一架升降機。我們感到耳朵因空氣稀薄而不覺有些聾了。
>
> 向下看，我們上岸的海灣，已如一個輪廓不清的小池，籠罩在一層水氣之下了。我們的「阿多斯」和別的船隻稀疏地浮在牠的上面，如同一些小孩的玩具。四周是蔥色一片，蔥色的山尖，蔥色的山谷，從蔥色之中時時蕩出泉水的流聲。

無言先生在不少文章，都不惜花費筆墨，抄錄作者、作品與香港有關的雪泥鴻爪，這當然與他視香港為家的心態脫不開關係。

另一個書話文章的特點就是糾正前人的錯漏，這一點，無言先生也做到了。在〈從《魯迅全集》人名註釋出錯談到被當作一人的兩位作家：彭家煌、彭芳草〉，先從文獻入手，羅列資料：

> 從資料中得知彭家煌是湖南省人，而彭芳草卻是湖北省人。也知道彭家煌於一九三三年病逝，而彭芳草於一九三八年，尚在漢口擔任《時代日報》總編輯。僅憑這兩件事，就

　　足夠證明彭家煌與彭芳草絕對不是一個人了。

他再通過陳子善教授的引薦，訪問當時尚在世的彭芳草，從而說
清楚彭家煌、彭芳草並非一人的問題。之後再分開條列兩人的出
版資料，繼而論述他們的作品風格，在「破」之後亦有所「立」。
可惜，時隔多年，直到今日，仍然有民國文學的研究工具書，錯
把兩人當作一人，則無言先生這篇文章，看來仍然有重提的必要
了。
　　同樣的糾正功夫，見於〈從《作家筆名錄》出錯談到羅皚嵐與
羅念生〉，無言先生列舉了三本書的內容，證明羅皚嵐與羅念生並
非同一人。這一次，雖然作者找不到二羅親身解說，卻從二羅之
一 —— 羅念生的文章找到第一手的證據：

　　　翻譯家羅念生在〈朱湘〉文中說：
　　　朱湘書信集已收得有寄霓君、汪靜之、梁宗岱、戴望
舒、趙景深、柳無忌、羅皚嵐，諸先生和羅先生的書信，共
約七八萬字。（見《二十今人志》）

這當然要作者熟讀二羅的文章，才能如推理偵探般，找到關鍵的
綫索了。
　　至於無言先生的書話文章，最特別的，當然是他那些「獨家」
的作家交往與見聞。例如〈魯迅日記所提及之林惠元〉，講述了一
位在魯迅日記裏一位不見經傳的文學邊緣人物林惠元，從他的回
憶，讀者一定會對這位曾經醉心藝術卻際遇不佳的文藝青年深表
同情：

　　記得有一次跟惠元閒談，話題扯到作家生活方面。惠元感慨地說：「一般人以為做了作家就可以名利兼得，生活一定是多姿多彩的。不過，這只是看到美好的一面。但暗澹的一面，是外界的人無法看到的。就以我本身所經歷的事為例吧：我曾經花了一年的心血，譯了一部《英國文學史》，請六叔替我校閱，並請他寫一篇序文推薦這部書。可是等了幾個月還沒有消息，惟有追問六叔。他的答覆是沒有時間看稿，所以也沒有辦法寫序。當時我負氣取回原稿，親自跟書店接洽。據他們的看法這是冷門書，又沒有名家作序，恐怕難有銷路。結果沒有一家肯印這部書。當時我很窮沒有能力自費出版，只好以低價賣給北新李小峯。後來書雖然出版了，但是銷路不好。我受了這一次打擊，以後再也提不起譯書的興趣了。這種情形雖然只是我個人的遭遇，相信也是一般未成名作家的遭遇。」

更會對林氏後來為國出力卻不幸喪命，與作者一同慨嘆：「一個反日工作者，他沒有死在敵人手上，反而死於抗日軍隊的槍下。這究竟是幽默？還是諷刺呢？」這些文字，正是對當時社會實況活生生的見證。

　　本書收錄的另一篇長文〈詩人楊騷在香港的時候〉，通過作者對楊騷的回憶，補白了兩段文學史料。一段，是魯迅與林語堂爭執的始末：「只有一次，我親眼看見魯迅與林語堂發生衝突。兩人本來是好朋友，不料因小小誤會而爭吵起來，幾乎鬧得無法收場。」；另一端就是楊騷本人與白薇的愛情瓜葛：「有一次，筆者借題問楊騷：聽說白薇的年紀比你大幾歲，這與你們分手有沒有關係？不料他卻很爽快將他與白薇的事說出來。」值得留意的是，

無言先生對兩件事的態度截然不同。魯迅與林語堂的事件，他僅僅完整筆錄楊騷的回憶，未加任何按語，這也許是他看到相關史料，證明實有其事，所以態度比較肯定。（這一點，陳子善教授在序文也另外引用文獻佐證楊騷的說法。）至於後者，他在引用楊騷的話之後，寫了以下句子：「筆者認為不論夫妻離婚或情人分手，多數公說公有理，婆說婆有理，相信楊騷與白薇也難免有這種情形。事實上誰是誰非，決不是局外人所能了解及判斷的；因此楊騷所說的話，筆者只能當作是片面之詞而已。」這無疑反映了他的謹慎與持平。

　　陳無言先生在生前已為自己文集所取的名字定名：「文苑拾遺錄」，今按其遺願沿用，僅加上副題：「陳無言書話集」，以明先生一生著述重心所在。

　　桃李無言，下自成蹊；文苑拾遺，繽紛燦爛。

本創文學 70

文苑拾遺錄：陳無言書話集

作　　者：陳無言
編　　者：陳可鵬、黎漢傑、黃晚鳳
責任編輯：黃晚鳳
封面設計：Zoe Hong
內文排版：多　馬
法律顧問：陳煦堂 律師

出　　版：初文出版社有限公司
　　　　　電郵：manuscriptpublish@gmail.com

印　　刷：陽光印刷製本廠

發　　行：香港聯合書刊物流有限公司
　　　　　香港新界荃灣德士古道 220-248 號
　　　　　荃灣工業中心 16 樓
　　　　　電話 (852) 2150-2100　傳真 (852) 2407-3062

臺灣總經銷：貿騰發賣股份有限公司
　　　　　　電話：886-2-82275988　傳真：886-2-82275989
　　　　　　網址：www.namode.com

新加坡總經銷：新文潮出版社私人有限公司
　　　　　　　地址：71 Geylang Lorong 23, WPS618 (Level 6),
　　　　　　　　　　Singapore 388386
　　　　　　　電話：(+65) 8896 1946　電郵：contact@trendlitstore.com

版　　次：2022 年 12 月初版
國際書號：978-988-76545-1-3
定　　價：港幣 98 元　新臺幣 300 元

香港藝術發展局
Hong Kong Arts Development Council 資助

香港藝術發展局全力支持藝術表達自由，
本計劃內容並不反映本局意見。